新典社選書 93

小澤 洋子 著

『源氏物語』忘れ得ぬ初恋と懸隔の恋

――朝顔の姫君と夕顔の女君――

新 典 社

目 次

はじめに

『源氏物語』を享受することは私にとって大きく二つの喜びに通じるものがある。

その一つは、物語が育まれた京の地理や史的背景に重ねて四季の変化に富む風土に接することである。そこには東山・北山・西山のなだらかな山陵が広がり、鴨川や桂川の流路に囲まれた平安京の面影を実感することができる。中でもその地に生育し、物語上にそれなりの役割を担って登場する植物たちとの出会いである。

更に京の周辺に目を転じるならば、幾筋もの河川が南部に流れ込み、宇治川、木津川と合流し、その付近には既に幻となってしまった広大な湖沼「巨椋池」の湿潤の地があった。北東には物語構想の一つの契機ともいわれる琵琶湖の景観が往時の様相を偲ばせる。そうした地勢と盆地特有の気温差が秋には秋霧を立たせ、春には春の霞がたなびき、花や紅葉も一層その風情を際立たせていたことであろう。

雨の季節には波打つような木々の梢、真夏になればその盆地にそそぐ日差しと蒸し暑さ、対照的に、一面銀世界と化す雪の日の静謐な美しさと底冷え、こうした季節の推移と地理的条件を人々は巧みに生かし、その土地柄に適応し易い植物たちとも融合し、文化や歴史性を色濃いものにしてきたのである。

「大地は至るところ植物的なる『生』を現わし、従って動物的なる生をも繁栄させるのである。かくして人間の世界は、植物的動物的なる生の充満し横溢せる場所となる。(1)」と、評されるように、人々と植物たちが融合して織り成す歴史性や風土観は、平安京の敷かれた当初から、政治的・社会的に大きな変貌を遂げた現在でも、街路の面影や、移り行く季節の彩りなどに変りはない。

『源氏物語』にも植物名が冠された数多の巻々が存在する。更に物語中には、麗句と共に鏤《ちりば》められた花や草木の登載は枚挙にいとまがない。今に継ぐ植物、絶滅が危惧されるもの、編み出された物語を通してそれらに接し、王朝文学の中の植物たちによる物語的効果を辿るのも悦びへと繋がるものである。

そして二つ目は、物語中の豊富な古典語の宝庫を開き、その原義に触れることの面白みである。ためしに、「かなし〔愛し・悲し〕」の意味を繙けば、「《自分の力ではとても及ばないと感じる切なさをいう語。》①どうしようもないほど切なく、いとしい。かわいくてならぬ。②痛切である。何ともせつない。③ひどくつらい。④《「楽し」の対》貧苦である。貧しい。⑤どうにも恐ろしい。こわくてたまらない。(2)」とある。

つまり、現代における痛切な悲しみも恐ろしさも、古語には存在した「愛しくてならない」という意味においても、「かなし」と言うこの語の原義は、自らの力では、到底抑えることなどできるものではない情感なのである。

『源氏物語』は更に、昔物語、古歌などの本歌取・引歌、史書、漢詩・漢文、仏典の引用、諺・成句の典拠となる類などを本文中に自由自在に織り込み、物語の世界にとめどない膨らみを与えているのである。

個々の登場人物にも、読み取らなければならない背景がある。そのほのめかされた作者の意図に近づくことによって、物語の展開をより楽しみ、妙趣に富んだ場面を味わう機会にも恵まれる。併せて、巻々より主要人物像を描く語句の一節を見い出す喜びもある。

本書で大きくとりあげる「忘れ得ぬ初恋」と「懸隔《けんかく》の恋」とは、『源氏物語』の植物名が冠された巻々の中の「朝顔」巻・「夕顔」巻に関して、私なりに試みたものである。

植物の朝顔も夕顔も、その生態は分類学上、科も属も全く異なるものであるように、光源氏に関わる「朝顔の姫君と夕顔の女君のひとりひとり」も対照的な生き方が描き出される。

同時に物語の背後には、その底を流れる一筋、光源氏が思慕してやまない理想の女性、父桐壺帝の后藤壺の宮との禁忌の恋の不安が重ねられてゆくのである。

斎院を経た聖女「朝顔の姫君」の存在を、藤壺の宮喪失後に、光源氏は、「ただこの一《ひと》ところや、世に残りたまへらむ」と明言した。それは共に過ごす最愛の女性紫の上の立場をも一瞬顧みない言及でもあったかのようである。

物語を遡れば、藤壺の宮へ激しい恋情を抱く以前であろうか、光源氏は、清々しく咲く朝顔の花を「折り枝」にして姫君に捧げた詠歌があり、幼少期にはしばしば朝顔の姫君の父式部卿宮の桃園邸を訪れたかのような経緯も窺われる。光源氏は従姉弟（または従兄妹）に当たる姫君をいつの日か、御簾の向うに垣間見ていたかもしれない。以降、巻々に点描される朝顔の姫君に、光源氏は藤壺の宮に寄せるような信頼感と、無聊な折にはそれとなく慰撫を求めたのか、そこには遠く久しく「忘れ得ぬ初恋」の清らかさと、漂うような朝顔の姫君の隙の無い美質に、なつきたくなるような懐かしさを覚えるものがあった。

一方、頭中将の思い人であった「夕顔の女君」は不遇な状況の中で、「おのれひとり笑《ゑ》みの眉《まゆ》ひらけたる」と、擬人化された白い夕顔の花の様子と共に登場する。それは夕顔の女君が頭中将の北の方の圧迫から小康を得て、五条の小家の仮住まいで、ひとり心の安らぎを得ていた時のことである。つまり夕顔の女君はひとときの「愁眉を開く」（心配事が解けてほっとすること。

出典は後文に記す）状態にあったのである。

　そのころ、光源氏は、六条へのお忍び歩きの途上にあった。その道すがら、五条の陋屋の板塀に這いかかる青々とした葉の中に、真っ白く咲く夕顔の花に目が止まった。光源氏は随身に花の名を尋ね、その一房（一茎）を、五条の夕顔の宿に所望した。持ちどころの定まらない蔓性夕顔の花は、白い扇にのせられて詠歌と共に光源氏に奉られたのである。植物夕顔と人物夕顔の融合の場面である。

　興を催した光源氏は中秋の名月、ついにその五条の小家に仮住まいの夕顔の女君を訪れた。陋屋の隙間から漏れてくる月の光は、粗末なあたりの光景を映し出したばかりではない。光源氏には何とも経験し得ないことばかりである。しかし、清楚な白い袷に、薄紫のやわらかな衣を着重ねていた女君の姿と詠歌の趣に、すっかり魅了された光源氏は、十六夜の月の中、この五条の陋屋を後にして、ためらう女君を某院へ誘い出してしまった。物の怪によってか、その某院で女君はあえなく落命してしまうが、夕映えの中、光源氏を仰ぎ見る夕顔の女君には、改めて光源氏の偉大さが反芻されるのである。そして身分の隔たりを目の当りにした「懸隔の恋」に慄き恐れたのである。

　「朝顔」・「夕顔」、両巻とも植物の生態を知悉した作者が、人物と植物的特性を巧みに融合させた物語である。本書は巻々に点描される「朝顔の姫君と夕顔の女君のひとりひとり」に関して私なりの主題を投じるものである。

第一章　平安京における条坊図

一条大路北と五条の辺り

一

先ず「朝顔の姫君」の居所である一条大路北と、「夕顔の女君」の仮住まい五条の辺りの様相を、平安京の「条坊図」によって概観する。

今に、その面影を残す平安京の「条坊図」とは、国史に明らかなように、唐（長安の都）の都市計画であった条坊制を模倣し、平安京（長岡京より桓武天皇の治世である七九四年に遷都）の京内において、縦横に設けられた大路、小路の碁盤目状の市街区画を示したものである。

京域は、造営当初から見れば変遷があったようであるが、平安京の第一期とされる延暦十三年（七九四）からは、「都の中央を南北に通る幅二十八丈の朱雀大路を敷設し、これによって京域を左京・右京に二分した（左京は洛陽城・右京は長安城に擬された）。そして東西に通る十本の大路により、北から南にかけて九つの街区が設けられたが、街区は条と呼ばれ、一条から九条までであった。……次に左右両京とも、条には四坊が設けられ、朱雀大路に近い方から、第一坊、第二坊、第三坊、第四坊というように番号がつけられた。各坊は、一辺四十丈四方の町十六から構成され、……さらに各町は、三十二の戸主（へぬし）に細分され、四つの町が一つの保を構成した(3)」とされる。

つまり、平安京の南北は、北の一条大路から南の九条大路まで、東西は、朱雀大路（現在の千本通）を中央に挟み、左京（東の京）と、右京（西の京）の両京が、第一坊から第四坊まで、それぞれが四坊に分けられたということである。

「一坊」の区画は四町四方の十六町とされ、各坊は四つの「保」に、各保は四つの「町」に、さらに各町は、南北四行（東西を四等分）、東西八門（南北を八等分）に分割され、三十二戸主《へぬし》に細分されたのである。これによって、一町（百二十メートル四方）が、計三十二の区画に分けられ、それぞれが「一戸主《へぬし》」と呼ばれて宅地配分の基準となったのである。いわゆる「この一町内の区分の仕方を四行八門《しぎょうはちもん》の制(4)」という。

このように条坊制に則して、条・坊・保・町・行・門、を指定する方法がとられ、この四行八門の制における一戸主が、平安京における宅地割の最小単位となって「条坊図」が完成したのである。

第二期の平安京は、九世紀の中葉・斉衡《さいこう》年間（八五四〜八五七）に、平安宮（大内裏）ならびに平安京が二町分、北へ拡張されて以降のことである。「この結果、一条大路は北へ移動し、以前の一条大路は上東門（土御門大路）と呼ばれるようになった。北へ拡張して造成された左右各二十四ヵ処の一町は北辺坊と呼ばれた。[5]」と示される。つまり、在来の一条大路は土御門大路と改称され、新しい一条大路が敷設されたことになり、平安京の南北は、『延喜式[6]』「京程」に記載されているように、南北が一千七百五十三丈となり、東西は一千五百八丈となったのである。平安京が最も栄えていたのがこの第二期であったといわれる。

こうして平安京は、南北千七百五十三丈（約五・三キロメートル）・東西千五百八丈（約四・五キロメートル）の南北に長い長方形の区域が大路や小路で整然と区画されたのである。現在の京都市内にあてはめると、おおよそ北は一条通、南は九条通、東は寺町通、西は天神川通の東のようである。またこの平安京（条坊図）内には、官寺である東寺・西寺、官市である東市・西市、外国使節を接待するための施設である東・西鴻臚館といった公的施設が左右対称に配置されていた。そして、平安京の南辺中央には羅城門が建てられ、そこから北へのびる幅二八丈（約八十五メートル）の朱雀大路を中軸に、北側中央に大内裏（平安宮）が敷かれたのである。

このように、整然と確立された平安京に、「桓武天皇は南都の諸大寺の平安京への移転を一切認めず、また東寺・西寺以外、寺院を京中に建立することを禁じた。ただ一つの例外は、三条大路南、烏丸小路東の頂法寺（六角堂）である。これは奠都以前から存在した実績が尊重されたためと伝えられているが[7]……」ということであり、着々と進められて行った平安京の造営がうかがわれる。

一条大路は、条坊図に示されるように、平安京の最北端を東西に走る通りの名である。「京の最北端という位置にあるため平安期にはこの通りに面して帯刀町・縫殿町などの官衙町があり、一条大宮に一条院が営まれていた。……賀茂祭の際には祭礼を見物するための桟敷が藤原道長などによって作られた」(8)とされるように、祭りの行列は一条大路を通るため、一条大路にはそれぞれに工夫を凝らした桟敷が設けられた。当初は桟敷の設営地は、決まった場所ではなかったが、大型化したものや、恒久的なものも設営されるようになり、次第に固定化されていったようである。特に賀茂祭が賑わいを見せた平安中期のころには、こうした桟敷が一条大路に面して所々に作られ、また装いを凝らし美しく飾った物見車も立ち並んだようである。

五条大路も条坊図に表されている通りの名であり、平安京のほぼ中央部を東西に走る。五条大路は、「概して市井の民家が集中する地域であったと思われる。……また鴨川を東に越えて清水寺と結びつくところから清水への参詣路でもあった。五条大路末に架かる五条橋は清水寺橋とも呼ばれた」(9)とあり、信仰の道に連なる橋でもあった。また後になると、商工業の街としても賑わいを見せるようになり、五条大路は平安京の中でも市井の民家の立ち並ぶ、密集した街路であったようである。

「平安京条坊図」

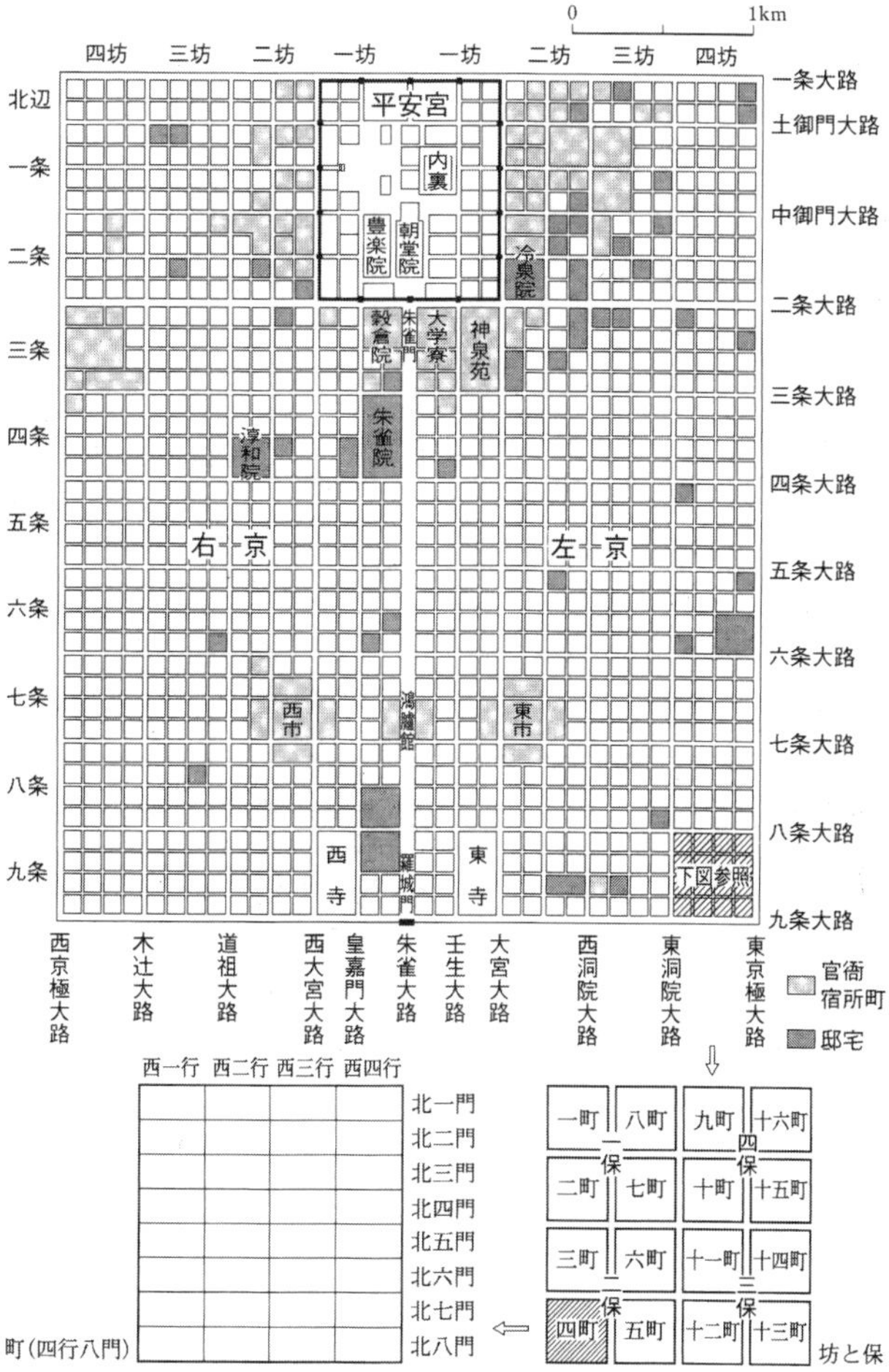

平安京(9世紀ころ)　『平安京提要』『よみがえる平安京』による。

『平安京提要』『よみがえる平安京』を元に作成、
朝尾直弘ほか『京都府の歴史』山川出版社、1999年このように、条坊制に則って整然と画された平安京の様相も、遷都から二百年余り、『源氏物語』誕生の近年には、街路の姿や故実などに大きな変動はなくても、京の人々の階層のあり方や、生活の意識など、社会的には様々な交錯もあったようである。作者紫式部生誕に近いころであろうか。往時の平安京の状況を著した文人慶滋保胤《よししげのやすたね》の記録がある。

二

賀茂氏出身の文人慶滋保胤の『池亭記《ちていき》』[10]である。その文末に「天元五載。孟冬十月。家主保胤。自作自書。」とあるように、天元五年（九八二）十月に執筆されたものである。

九八二年冬のはじめの陰暦十月とは、『紫式部日記』（寛弘五年〈一〇〇八〉十一月一日の条に、「左衛門の督、『あなかしこ、このわたりに、わかむらさきやさぶらふ』と、うかがひたまふ。」）によって、『源氏物語』の存在を示す、と伝えられる『源氏物語』誕生の頃とされる二十六年ほど前のことである。したがってこの二十数年は京に在る（一時父の任地に同行したことはあったが）紫式部にとっても、物語に反映されているような京の街並みや家屋のありさまなどを具に観ていたことであろう。

『池亭記』の冒頭に西の京（右京）を評した部分がある。その読み下し文を記すと「予二十餘年以来、東西の二京を歴《あまね》く見るに、西京《にしのきやう》は人家漸《やうや》くに稀《まれ》らにして、殆に幽墟に幾《ちか》し。人は去ること有りて来ること無く、屋は壊《やぶ》るゝこと有りて造ること無し。其の移徙《いし》するに処《ところ》無く、賤貧に憚ること無き人は是れ居り。……」と、西の京の変貌が示されている。特に慶滋保胤は、二十余年来見てきた西の京（右京）の人口減少と荒廃を、「壊れる家はあっても新しく建てられる家はない、西の京から去っていく人はあっても、移り住んでくる人はいない」と、述べているのである。その最も大きな原因は、「土地が湿潤で住居に適しなかったためと思われ……居住者の西京からの離脱はかなり激しかったと想像される」(11)ということである。

しかし、右京といえども四条以北には、朱雀大路に面して、平安京内最大の邸宅朱雀院があった。平安京条坊図に示されている。そしてその西隣には、西宮左大臣と呼ばれ、醍醐天皇皇子であったが、「源朝臣」姓を賜り、臣籍に降下した源高明の邸宅もあった。しかしながら「安和の変」（冷泉天皇の安和二年〈九六九〉に、藤原氏の興隆を象徴するかのようでもあったといわれる、源高明が左遷された政変）で高明は失脚し、その後邸宅は焼亡し、急激に衰亡してしまった。『池亭記』の言うその様相は、「荊棘門《けいきょくかど》を鎖《とざ》し、狐狸穴に安むず。夫れ此の如きは、天の西京を亡ぼすなり、人の罪に非ざること明らかなり。」と、慶滋保胤の視線は決定的な西の京（右京）の衰退を語っているように思われる。

一方、左京（東の京）の四条以北に関しても、『池亭記』は、その住居のあり方と構成を、「東京《ひんがしのきやう》四條以北、乾《いぬゐ》・艮《うしとら》の二方は、人々貴賤と無く、多く群聚する所なり。高き家は門を比《なら》べ堂を連ね、少さき家は壁を隔てて簷《のき》を接《つら》ぬ」と表している。つまり東の京には、人口が集中し、貴族たちの家は門や大きな建物を並べ、庶民の家は壁を隔てて軒を接していると書かれているのである。このことを「四條以北が何時頃から人口稠密《ちゆうみつ》になったか不明であるが、拾芥抄（諸名所部）を繙くと貴族の豪壮な邸は殆どここに集中している。……この地が宮廷出仕に便利であるので、貴族たちに支給されたと考えられる」(12)とされる。正に『拾芥抄《しゆうがいしよう》』(13)で確認すると貴族の住居は北の方面に多く表示されていることが分かる。

『池亭記』にはまた「予六條以北に、初めて荒地を卜《うらな》ひ、四つの垣を築き一つの門を開く」と、慶滋保胤が六条以北の荒れ地を買い、居宅をかまえた「池亭」の場所が記される。『拾芥抄』にも「池亭　六條の坊門南、町尻東隅、保衡簷（胤）宅云云」と、その地点が確認される。これにより僅かに東の京（左京）の六条以北、つまり五条近くの状況と、四条以北との違いも想定することができる。

このように、条坊図を基に平安京の両京に目を馳せ、『池亭記』に照らしてみると、左京

（東の京）の繁栄、右京（西の京）の衰退の状況は明らかなようである。

『源氏物語』「朝顔」巻は、朝顔の姫君の斎院退下後の住まいを「桃園の宮に渡りたまひぬるを……」と姫君の父式部卿宮桃園邸に設定されている。

桃園とは、『拾芥抄』によれば「桃園　同世尊寺南、保光卿家、行成卿傳之、」と記され、また「世尊寺　一條北、大宮西……」とある（その辺りに藤原行成の建立した世尊寺などがあったことが窺える）。したがって桃園の宮邸は、平安京、一条大路北・大宮大路西に位置していたことになろうか。

一条大路と言えば、物語中「賀茂祭（葵祭）御禊の日」の車争いの舞台であった。見物人が集中し、桟敷も通り沿いに立ち並んだという設定が想起される。

「朝顔の姫君」も桟敷で父式部卿宮とともに、光源氏が天皇の下命により、特別に御禊の日の行列に供奉するのを見物している様相が描かれている。

一方「夕顔」巻の冒頭は、「六条わたりの御忍び歩きのころ、……五条なる家たづねておはしたり」と描き出される。物語は進み、源氏は夕顔の女君の侍女右近に、夕顔の出自を尋ねた後に、右近が「……西の京に御乳母の住みはべる所になむ、……それもいと見苦しきに住みわびたまひて」と、表現される場面がある。西の京（右京）の描写は、『池亭記』の記述を尋ねると、その冒頭に「西の京は人家がだんだんと少なくなり殆ど幽居に近い。……」という旨が示されるように夕顔の住まいに適さなかったという実状も窺われる。これらも含め両者とも、物語本文の内容に照らし合わせると、東の京一条大路北に居所をおく「朝顔の姫君」と、西の京から這い隠れるように五条の小家に身を寄せた「夕顔の女君」の仮住まいの形態に、よく適合した土地柄に設定されていたのである。

第二章　朝顔の姫君と光源氏

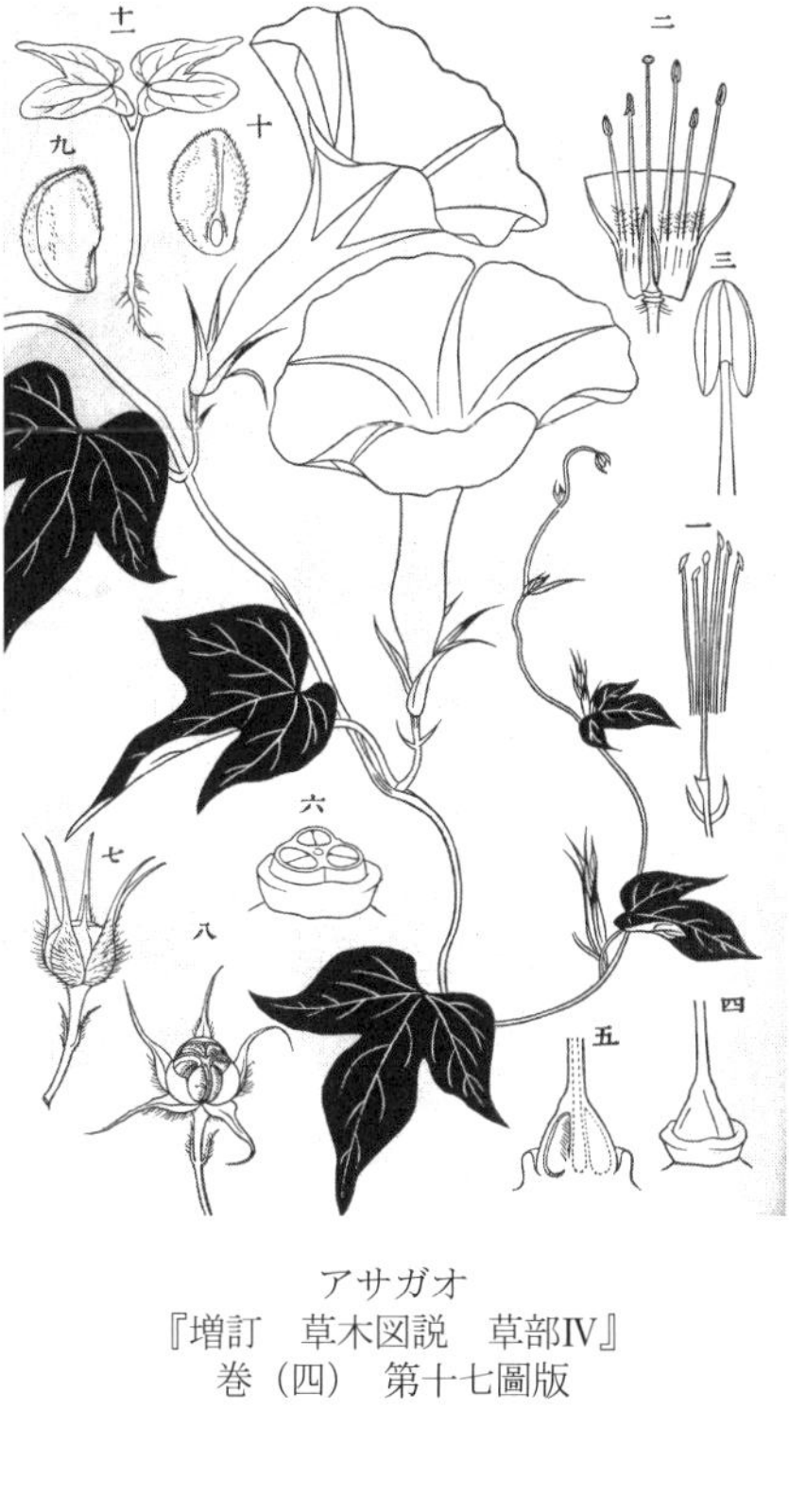

アサガオ
『増訂　草木図説　草部Ⅳ』
巻（四）　第十七圖版

一　「朝顔」巻に寄せて

「朝顔の姫君」の初出は早く、第二巻（帖）目、「帚木」巻において、女房たちの会話の中に設定されている。それは作者の軽い筆致でさえあるかに見えるさりげない登場の仕方であった。そして朝顔の姫君について擱筆されたと思われるのは、「若菜下」巻において姫君の出家という方法によって、物語から姿を消すことであった。

その間、巻々に点描される朝顔の姫君の実態と光源氏（以下、源氏と称する場合もある）との関わりが、未だはっきりと摑みきれないような体があるのは否めない。一般においても「朝顔」巻は、亡き藤壺中宮の位置づけに重きが置かれており、朝顔の姫君の位置関係は明確でないと見られている。

「朝顔」巻は、『源氏物語』五十四帖（巻）が、三部によって構成されているとする説を基に、その排列に従えば第一部二十巻目に属する。それは光源氏の誕生から幼少期・青年期、須磨・明石への流離という苦難の後に、政界復帰を果たし、六条院を完成させる前の時期に相当する。

接《つ》ぐ「少女」巻で、四町（条坊図中）を占める六条院の造営が語られ、一大栄華を極める

「藤の裏葉」巻（三十三巻目）までが、いわゆる第一部とされる。

第二部に至り、その始発「若菜上」巻では、光源氏の栄華の中に新しい実情が加わり、そのあり方に迫られる。それは、光源氏が朱雀院鍾愛の皇女女三の宮の六条院降嫁を承引することにより、紫の上の立場は揺るがされ、その嘆きは深刻であった。しかしそれ以前にも、世間は光源氏と高貴な朝顔の姫君との風聞に吝かではなかったからである。

続く「若菜下」巻は、第三部にはまだ少し間があるが、光源氏の優しい眼差しが紫の上の真意を汲み取るかのように、朝顔の姫君の出家が伝えられ、朝顔の姫君登場の最終巻となるのである。

つまり、朝顔の姫君の登場巻は、巻序は隔てられるが、「朝顔」巻を中心に据え、「帚木・葵・賢木・薄雲（父宮に関して）」巻の前半四巻と、「少女・梅枝・若菜上・若菜下」巻の後半四巻に点描されることになるのである。

朝顔の姫君初登場「帚木」巻は、物語の本流といわれる「桐壺」・「若紫」巻に挟まれ、他に「空蟬」・「夕顔」巻を抱く、いわゆる「帚木三帖」と称される傍流の中の一巻である。

「帚木」巻の主要なる展開は、「雨夜の品定め」と呼ばれる女性論である。その論議の内容を耳に残した光源氏が、翌日宮中からの退出先で、朝顔の姫君の存在を示す女房たちの囁きを、光源氏自らがわずかに掬い上げたことが、物語の端緒を開くことになったのである。

　ではその朝顔の姫君とは、光源氏とどのような関わりを持ち、どのような位置づけをされる人物なのであろうか。本文中、光源氏が姫君に対して、最も自然な心で発した「ただこの一《ひと》ところや、世に残りたまへらむ」という語句を基に物語を辿ってみたい。

二　「帚木」巻　その1
「雨夜の品定め」の展開

　朝顔の姫君は、当該「朝顔」巻では既に賀茂の斎院を退下して、前斎院という立場での再現であるが、その初発は何気なく、「帚木」巻に描かれる「雨夜の品定め」の関連場面から語り起こされる。

　「雨夜の品定め」とは、五月雨が降り続く夜、光源氏十七歳、近衛の中将であったころ、宮中では物忌み（陰陽道などでいうけがれに触れたりしないため、一定期間身を清めて家にこもること）が続いていたために宿直所《とのゐどころ》に籠っていた。そこに光源氏の正妻葵の上の兄（或いは弟）の、光源氏にとっては従兄弟でもあり、親友でもあり、時にはライバル的存在にもなる頭中将が現れた。折からの雨の所在なさに、御厨子《みづし》（調度・書籍などを収める置戸棚）から光源氏宛ての消息文（恋文）を取り出しては、頭中将はその贈り主を推量し、青年二人は自ずと女性談議になるのであった。

頭中将と光源氏の対話である。

その内容は次の本文に掲げるような、女には三つの階級があるという頭中将に対して、それはどのように分けるのかという光源氏の質問である。

中将「……人の品《しな》たかく生まれぬれば、人にもてかしづかれて、隠るること多く、自然《じねん》にそのけはひこよなかるべし、中の品になん、人の心々おのがじしの立てたるおもむきも見えて、分かるべきことかたがた多かるべき。下《しも》のきざみといふ際になれば、ことに耳立たずかし」とて、いとくまなげなる気色なるも、ゆかしくて、

（帚木一三四頁）

中将は「女が身分の高い家に生まれたとなると、人に大事に世話をされて欠点も隠れることが多く、自然とこの上なくよく見えるでしょう。中流の家の女の場合にこそ、それぞれの性格や個性的な面もはっきりしていて違いのあることが多いでしょう。下層の身分になると取り立てて注意をひきませんん」と三階級（三品論）に分類して説くのである。

頭中将のその三品論の分類の方法とは、仏教思想による九品《くほん》の分け方に則し、『観無量寿経』[14]に基づいた、上品《じょうぼん》・中品・下《げ》品、さらに各品はそれぞれ上生《じょうしょう》・中生・下《げ》生と分けられる。つまり、上品上生《じょうぼんじょうしょう》から下品下生《げぼんげしょう》に至る九階級の違いがあるという。

このことから光源氏は、頭中将が世間を隈なく動いているようなことに興味を覚え、無性にその違いを知りたく思うのである。

源氏「その品々《しなじな》やいかに。いづれを三つの品におきてか分くべき。もとの品たかく生まれながら、身は沈み、位みじかくて人げなき、また直人《なほびと》の上達部《かむだちめ》などまでなり上り、我は顔にて家の内を飾り、人に劣らじと思へる、そのけぢめをばいかが分くべき」

（帚木　一三四頁）

と、具体的に尋ねているところに、次々に現れた好色者でその道に通じる左馬頭、藤式部丞が加わって、新たに女性論議となる。彼らの話は、上の品の女性は自分たちの及ぶところではないし、下の品になると貴公子の相手にはならない。結局、この「雨夜の品定め」は、「中の品にぞおくべき」という論に達する。こうしたことから、光源氏にとってもこの女性論議は、中の品の女性への関心が一層ひらかれることになるのである。物語の構成としても、「雨夜の品定め」の論議は、若き光源氏がやがて訪ねる冒険の世界への布石ともいえようか。

更け行く夜も忘れたかのように、この論議（談義）は白熱し、本格的な女性達への批評は、左馬頭を中心に失敗談、体験談がもとになり、理想的な女性像が見いだせないという結論にいたる。そうした中、光源氏はいつの間にかひとり聞き手に廻って、彼らの語る鼎談のまとめを耳にしながら、その時も光源氏の胸中を占めるものは、思慕して止まない理想の女性、父帝の后藤壺の宮にあった。

君は人ひとりの御ありさまを、心の中に思ひつづけたまふ。これに、足らずまたさし過ぎたることなくものしたまひけるかなと、あり難きにもいとど胸ふたがる。

（帚木一六六〜一六七頁）

光源氏は、いつのころからか藤壺の宮を密かに慕い続けていた。彼らの女性論の判定に照らしてみても、藤壺の宮は足らぬことも、行き過ぎたこともない、つまり、過不足のない理想的な類まれな資質の人であると、一層ひたむきな慕情を寄せるのである。

三　「桐壺」巻へ遡上

（一）　桐壺帝と桐壺更衣の縁《えにし》

「朝顔の姫君」登場巻の順列を少々乱すことになるが、朝顔の姫君に焦点を合わせるには、同時に、光源氏の誕生と藤壺の宮との宿縁のようなものを見つつ、光源氏の生母桐壺更衣の存在を示す物語初巻「桐壺」を振り返らなければならない。

御局を桐壺（淑景舎《しげいさ》）に賜った光源氏の生母桐壺更衣は、後宮の女性たちの中でも帝の寵愛が一際深くまばゆいばかりであった。このことは物語の語り出しに、御代の設定と思われる冒頭「いづれの御時《おほむとき》にか」と同時に記されていることである。後宮の秩序は乱れ、帝寵を一身に集めた更衣は、周囲の嫉視や迫害に堪えきれず、光源氏三歳の時に世を去ってしまった。

悲嘆にくれた日を送る帝の御心のうちは、文中に織り込まれた「長恨歌の御絵」として、そこに題材が取られ、更衣への追慕が語られて行く。

このごろ、明け暮れ御覧ずる長恨歌《ちやうごんか》の御絵、亭子院《ていじのゐん》の描かせたまひて、伊勢《いせ》貫之《つらゆき》に詠ま

せたまへる、大和言《やまとこと》の葉《は》をも、唐土《もろこし》の詩《うた》をも、ただその筋をぞ、枕言《まくらごと》にせさせたまふ
（桐壺一〇九頁）

このように「長恨歌」(15)の世界を、亭子院（宇多天皇）が屏風に絵を描かせて、伊勢や貫之に歌を詠ませ、和歌についても、漢詩についても、いつも話題になさっていると、本文はその「長恨歌」の再現を反映させている。

同時にそこに、女流歌人伊勢を起用していることは一瞬、本物語が虚構文学であることを忘れさせる。三十六歌仙の一人とされる伊勢は、父伊勢守（後に大和守）の官職によって伊勢と呼ばれたらしく、宇多天皇に入内した藤原基経女温子に仕えた。「伊勢は宇多・醍醐・朱雀三朝四十数年にわたり歌人として重きをなし、紀貫之・凡河内躬恒らに伍して歌合にもたびたび出詠し、『古今和歌集』中にも抜群の位置を占め、各種の屏風歌に才幹をふるうなど、女流として前後に比をみない幅広い活躍をした……ことに『源氏物語』において引歌が多いのみならず……家集に『伊勢集』がある。(16)」とされている。

紀貫之についても、『古今和歌集仮名序』……や、仮名文による最初の日記文学として名高い『土左日記』（土佐日記）などが伝わる。また『貫之集』が現存する。彼は屏風歌や歌合など

公的な場で活躍した平安時代随一の歌人で……その歌風は長い間歌壇を支配した。[17]」とされる。このように物語中の史実に基づく記述は、これまで漢詩・漢文を重んじた男性の実録の日記などに対して、和歌を配した仮名文の立場であり文学史的意義としても大きい。

続いては、「長恨歌」の内容が桐壺更衣の美しさと重ねて記されてゆく。その意味を中西進氏は、「再言すれば、絵の楊貴妃の否定から更衣の美の確認へといたる過程の文章だから、絵の実在は梃子《てこ》として必要であった[18]」と解かれる。

> 絵に描ける楊貴妃の容貌《かたち》は、いみじき絵師といへども、筆限りありければ、いとにほひすくなし。太液《たいえき》の芙蓉《ふよう》、未央《びあう》の柳も、げに、かよひたりし容貌を、唐《から》めいたるよそひはうるはしうこそありけめ、なつかしうらうたげなりしを思し出づるに、花鳥《はなとり》の色にも音《ね》にも、よそふべき方ぞなき。朝夕《あさゆふ》の言《こと》ぐさに、翼《はね》をならべ、枝をかはさむと契らせたまひしに、かなはざりける命のほどぞ、尽きせずうらめしき。
> （桐壺一一一頁）

更衣を失った後の帝は、傷心を癒されることもなく、政務も手につかないまま、更衣の面影を追懐するばかりである。絵の中の楊貴妃の容貌は、いかに優れた絵師といえども筆には限りがあり、端麗さはあっても、更衣の親しみやすさと愛らしさには、比べ合わせようもない。比《ひ》翼《よく》の鳥（伝説上の鳥で雌雄各々翼一つ、目一つで常に二羽一体となって飛ぶというもの）・連理《れんり》の枝（根は一本一本の別々の木で幹や枝が連なって木目が通じ合っていること）のようになることを、玄宗皇帝と楊貴妃さながらに、桐壺帝は約束したのであったが更衣の薄命によってかなわなかった。三歳で母更衣と永別した若宮（光源氏）は、母の里邸（後の二条院）の更衣の母（若宮の祖母）のもとで過ごしていたが、六歳には祖母が他界し若宮も唯一の後見人を失ってしまった。月日が経ち、若宮は父帝の待つ宮中へ参内した。

月日経て、若宮参りたまひぬ。いとど、この世のものならず、きよらにおよすけたまへれば、いとゆゆしう思したり。（桐壺一一三頁）

帝と若宮は年月を経ての久々の対面であった。帝は若君の成長を見て、「きよら（清ら）」と、気品あるあまりの美しさゆえに、鬼神に魅入られてしまうのではないかと将来を危惧するほどであった。

その後は宮中の父帝の御そばで過ごすことも多く、七歳になり読書始めを行い、天性の美貌に恵まれた若宮は、学問や音楽の才など、幼くてもその資質は超人的な聡明さを発揮するのである。

やがて若宮の将来を案じた帝は、高麗の観相人、また倭相（日本の観相人）も動員し、高度な宿曜道の意見をも勘案して、その結果、立坊（皇太子に立つこと）の願いを断ち、非常に惜しいと思いながら第二皇子若宮を臣籍に下して「源朝臣」姓を賜ったのである。

そのころ、高麗人《こまびと》の参れるなかに、かしこき相人《さうにん》ありけるを聞こしめして、宮の内に召さむことは、宇多帝《うだのみかど》の御誡《いましめ》あれば、いみじう忍びて、この皇子を鴻臚館《こうろくわん》に遣はしたり。……相人驚きて、……帝、かしこき御心に、倭相《やまとさう》を仰せて思しよりにける筋なれば……宿曜《すくえう》のかしこき道の人に勘《かむが》へさせたまふにも、同じさまに申せば、源氏になしてたてまつるべく思しおきてたり。

（桐壺一一五〜一一七頁）

その時、皇子であることを意図的に秘された若宮は、鴻臚館（外国使節を接待し、宿泊させるための館。七条大路・朱雀大路の東西に配置）に遣わされたが、高麗の相人によって見事に、将来の光源氏の立場が暗示されることになる。また「宇多帝の御誡あれば」と、寛平九年（八九七）

に、宇多天皇が幼少の醍醐天皇への譲位にあたり、心得とすべきことを書き贈ったものとされる宇多帝の「寛平の御遺誡」(19)が、条坊図で見る鴻臚館と共に示されているのは史実と関連していて興味深い。

更に歴史的背景を踏まえると、賜姓源氏は嵯峨天皇の御代に始まるが、こうして桐壺更衣を母に持つ若宮第二皇子も明らかに、才気・美貌に恵まれ、類まれな資質の光源氏として物語を織り成すことになるのである。

(二)　光源氏と藤壺の宮との縁《えにし》

桐壺帝は、年月が経過しても尚、亡き更衣への哀惜の念に堪えきれず、朝政も怠りがちになり、世間を厭わしくさえ思うようになってしまった。その折、先々代から三代にわたって宮仕えをしてきたという典侍が、桐壺更衣の面影を彷彿とさせるような、先帝の第四皇女の存在を帝に語った。

更衣亡き後の尋常ではない心理の帝も、更衣に酷似というその四の皇女の容貌は真であろうかと心がひかれて、鄭重に入内を申し入れた。

年月にそへて、御息所《みやすどころ》の御ことを思《おぼ》し忘るるをりなし。……先帝《せんだい》の四《し》の宮《みや》の、御容貌《かたち》すぐれたまへる聞こえ高くおはします、母后《ははきさき》世になくかしづききこえたまふを、上にさぶらふ典侍《ないしのすけ》は……「亡せたまひにし御息所の御容貌に似たまへる人を……后《きさい》の宮《みや》の姫宮こそ、いとようおぼえて生い出でさせたまへりけれ。ありがたき御容貌人《かたちびと》になん」……藤《ふぢ》壺《つぼ》と聞こゆ。げに御容貌ありさま、あやしきまでぞおぼえたまへる。

（桐壺一一七〜一一九頁）

こうして物語は、光源氏の生母桐壺更衣に極めてよく似る先帝の四の宮の入内の運びということとなり、飛香舎《ひぎょうしゃ》（藤壺）に局を賜り、藤壺の宮と称されるのである。ここに物語の底を流れる構想の基盤が成立する。

まだ幼さが残る源氏の君は、藤壺の宮が亡き母桐壺更衣に生き写しと聞かされ、母の面影を求めて、美しい人藤壺の宮が慕わしく、好意を寄せるのである。帝も藤壺の宮を、源氏の君の母君に見立ててしまいそうだと、新しい継母子関係を好ましく思うのである。

世の人も光源氏の照り映えるような、比類なき美しさを「光る君」と称し、藤壺の宮を「かかやく日の宮」と並び称した。光源氏・藤壺の宮、共に慈しみ深い帝寵を注がれる人として物語は展開される。

源氏の君は、御あたり去りたまはぬを、……上《うへ》も、限りなき御思ひどちにて、……幼心地にも、はかなき花紅葉につけても心ざしを見えたてまつる。……世にたぐひなしと見たてまつりたまひ、名高うおはする宮の御容貌にも、なほにほはしさはたとへむ方なく、うつくしげなるを、世の人光る君と聞こゆ。藤壺ならびたまひて、御おぼえもとりどりなれば、かかやく日の宮と聞こゆ。

（桐壺一一九～一二〇頁）

こうして光源氏と藤壺の宮は、桐壺帝の愛をそれぞれに受けながら、光源氏の藤壺の宮へのほかならぬ慕情は、物語の底流となって物語全体を支配して行くことになるのである。

やがて、十二歳をむかえた光源氏は通過儀礼としての元服が行われる。帝は光源氏の元服を、弘徽殿所生の第一皇子（東宮）と同じように重きを置き、物語はその場面を具に描写している。

この君の御童姿《わらはすがた》、いと変へまうく思せど、十二にて御元服《おほんげんぷく》したまふ。……一年《ひととせ》の春宮《とうぐう》の御元服、南殿《なでん》にてありし儀式、よそほしかりし御ひびきにおとさせたまはず。……とりわき仰せ言ありて、きよらを尽くして仕うまつれり。おはします殿《でん》の東《ひむがし》の廂《ひさし》、東向に倚子《いし》立てて、冠者《くわんざ》の御座《ざ》、引き入れの大臣の御座御前《おまへ》にあり。申《さる》の刻《とき》にて源氏参りたまふ。……上は、御息所の見ましかば、と思し出づるに、たへがたきを、心づよく念じかへさせたまふ。（桐壺一二一頁）

光源氏の元服は東宮にも劣らぬほど善美を尽くして行われた。童姿をかえて、初冠を済ませた時、帝はやはり亡き更衣を懐古せずにはいられず、また光源氏が清涼殿の東庭に降りて、帝に拝謝の意を表すその姿に、帝も人々も感涙にむせぶのである。こうして物語の主人公は第一級の美しさ、華麗で気品のある「きよら」の表現に適う美貌の光源氏として成長して行くのである。

元服後の光源氏は、加冠役（元服親）の左大臣の姫君、葵の上（母は桐壺帝の妹宮）と結婚し、これまでのように父帝に伴われて、藤壺の宮の御簾のうちに入ることなど決して許されよう筈はない。宮中では亡き母更衣の局であった桐壺（淑景舎）を、御曹司（宿直所）として賜った。

大人になりたまひて後は、ありしやうに、御簾の内にも入れたまはず。御遊びのをりをり、琴笛の音に聞こえ通ひ、ほのかなる御声を慰めにて、内裏《うち》住《ず》みのみ好ましうおぼえたまふ。五六日さぶらひたまひて、大殿に二三日など、絶え絶えにまかでたまへど、ただ今は、幼き御ほどに、罪なく思しなして、いとなみかしづききこえたまふ。

（桐壺一二五～一二六頁）

元服後とはいえ、まだ幼心の残る光源氏は、母更衣の面影に似た父帝の后藤壺の宮への慕わしさを、管絃の御遊びの折々に、宮の弾く琴の音に、自身の笛を吹き合わせては心を通わせ、御簾から漏れてくるかすかな御声を慰めとして宮中の生活ばかりを好ましく思うのである。

一方、左大臣家の姫君の父母には、やさしくかしずかれながらも葵の上の所には絶え絶えの訪れであり、光源氏の胸中は藤壺の宮への思慕が募るばかりである。このように初巻「桐壺」の巻は、光源氏と藤壺の宮の浅からぬ縁が紹介されて閉じられるのである。

四 「帚木」巻 その2
朝顔の姫君の初登場

物語の排列に従えば第二巻目にあたる「帚木」巻は、「桐壺」巻から五年ほどの歳月が経ち、十七歳の青年光源氏は、既に中将の地位を得ている。

「雨夜の品定め」の論議を聞き終えてその翌日、五月雨も止み、宮中の物忌みも果てたのであろうか、光源氏は葵の上のもと（左大臣邸）に退出した。ところが「今宵、中神《なかがみ》、内裏《うち》よりは塞《ふた》がりてはべりけり」と、その方向が「方塞《かたふた》がり」による「方違《かたたがえ》(20)」のために、左大臣家配下の紀伊守《きのかみ》邸に宿ることになる。紀伊守は突然の訪問に戸惑いながらも、光源氏のために臨時の御座所をしつらえた。近くには女たちが集っていた。

この近き母屋《もや》に集《つど》ひゐたるなるべし、うちささめき言ふことどもを聞きたまへば、わが御上《うへ》なるべし　　（帚木一七〇頁）

……思すことのみ心にかかりたまへば、まづ胸つぶれて、かやうのついでにも、人の言ひ漏らさむを聞きつけたらむ時など、おぼえたまふ。……式部卿宮の姫君に、朝顔奉りたまひし歌などを、すこし頬ゆがめて語るも聞こゆ。　　（帚木一七一頁）

光源氏は、御座所の近くに集う女たちのかすかなささめきごとに、自身のことが語られているのかと思わず耳を傾けた。なぜならその時の光源氏の胸中は、「思すことのみ心にかかりたまへば」と、藤壺の宮への強い慕情と畏れでいっぱいであったからである。

一瞬、女たちの囁きに、全神経を集中させた光源氏であったが、その風聞は、藤壺の宮ではなく、式部卿宮の姫君に「朝顔奉りたまひし歌などを」、という言い種であり、光源氏の藤壺の宮に対する、極度な緊張感を和らげてくれたのであった。救われたかのようなひとときであったが、その何気ない女たちの囁きこそが、朝顔の姫君の初登場の場面であったのである。

朝顔の姫君の父式部卿宮は、桐壺帝の弟宮である。従って光源氏と姫君は従兄妹（または従姉弟）同士である。いつの頃であろうか、光源氏はこの姫君に「朝顔奉りたまひし歌などを」と、「など」という言外の意味も含めて、「朝顔の花につけた歌」を、贈ったことがあったと本文は語る。女たちの囁きごとには、この歌の語句を少し間違えて、不正確に話しているのも聞こえてくる。しかし、光源氏の激しい藤壺思慕の、重大事に触れられることはなく、光源氏は心の平穏さを取り戻し、安堵感に変えることができたのであった。朝顔の姫君登場の最初に藤壺の宮と朝顔の姫君が連動して語られたことに着目しておきたい。

幾つかの注釈書や他の文献に、朝顔の姫君の登場は、「唐突の感がある」(21)とされ、或いは、散逸巻があるのではないかと思われるという説も記される。

「細流抄」を含む『湖月抄』(22)にはまた、「……此類は此物語の格也」とある。いわゆるそれは

「物語を読み進めることにより全貌が明らかになる」という、この物語の筆法[23]のような意味の一部にも解されないだろうか。ただ、朝顔の姫君の場合どんなに読み進めても、他の類型（例えば、明石の入道が娘明石の君誕生の折に見た夢の実現のために成し得たこと）のように明確なものは容易に摑みきれない。

しかし、朝顔の姫君登場の全文を追いながら、当該巻を越えて、後文に絡めてみると、物語の長期構想上には、極めてこのさりげない軽い筆致が、姫君登場時の、語りの糸口としてもっとも適切であったのではないかとも考えられるのである。

光源氏の「朝顔奉りたまひし歌など」の背景が、どのようなものであり、どのような時期であったのかは物語上不明であるが、ここに初めて朝顔の姫君の存在を微かに知らせる効果はあった。姫君登場の巻序に従って読みを進めてみたい。

五　「葵」巻
光源氏と朝顔の姫君相互の「御心ばへ」

再びの朝顔の姫君の登場は「葵」巻（第九巻目）である。初出「帚木」巻以来の久々の登場であり、五年の歳月が流れ、光源氏二十二歳、近衛の大将、正三位である。

「紅葉賀」巻（第七巻）で、桐壺帝が行幸をされる折の試楽で、光源氏は「青海波」の舞楽の妙技を尽くし、詩句を朗唱し、行幸の当日その夜に正三位に叙せられたのであった。次の「花宴」巻とは、季節的にも対を成すような巻序であるが、「紅葉賀」巻では皇子（後の冷泉帝）の誕生をみた。同時に藤壺の宮は、弘徽殿女御を超えて立后し、藤壺中宮となり、光源氏にとっていよいよ遠い存在になってしまうのである。

この後に、桐壺帝は譲位を決意され、「葵」巻は、光源氏の兄、弘徽殿女御所生の第一皇子朱雀帝の御代である。

「葵」巻において、朝顔の姫君の描出例を捉えるならば、光源氏と朝顔の姫君、お互いの「御心《みこころ》ばへ」が中心に据えられたものであり、同時にそれは二人の人品をも表すものである。物語は、いかにも「葵」巻らしく「賀茂祭（葵祭）」を背景に置く。それは物語的にも名場面、新斎院御禊の日の「車争い」（光源氏の正妻葵の上は懐妊中ですぐれぬ身ではあったが、侍女たちにせがまれて一条大路に出向いた。一方、身をやつして密かに出かけてきた六条御息所の車の立て場所に、葵の上方の従者たちが割り込み、争って御息所を無惨にも貶《おとし》めた）の舞台である。しかし、この一件以前にも、朱雀帝への御代がわりにより、光源氏の周囲の状況も大きく変り、御息所は光源氏の訪れの少ないのを不実と嘆いていた。このように傷心を抱いたままの六条御息所は、新しく斎宮に定まった御息所の姫君とともに伊勢に下ってしまおうかと痛恨の思いに見舞われているのである。

かかることを聞きたまふにも、朝顔の姫君は、いかで人に似じ、と深う思せば、はかなきさまなりし御返りなどもをさをさなし。さりとて、人憎くはしたなくはもてなしたまはぬ御気色を、君も、なほことなりと、思しわたる。（葵一三頁）

朝顔の姫君は、光源氏と誇り高き六条御息所との関係が、憂愁に閉ざされているようなことを聞くに及んで、自分はそのような轍は踏むまいと心に深く思うのである。そのためか、光源氏から寄せられる消息の返書もこれまでは形ばかりであったが、今ではほとんどなさらない。そうかといって光源氏に気まずい思いをさせるような素振りをお示しになるのではない。光源氏は、このような朝顔の姫君のひととなりを、「なほことなりと、思しわたる」と、他の人と異なるような格別の思いがずっと続いているのだという。

「朝顔の姫君」という呼称が確実にここに置かれ、同時に、姫君に対する光源氏の気持ちの継続性が表されている場面でもある。

賀茂祭御禊の日のことである。

桐壺帝の退位による、御代がわりの新斎院御禊の日、行列に光源氏も供奉するということから一条大路は相当な賑わいとなって混雑していたのは「車争い」の状況そのものである。朝顔の姫君の父式部卿の宮は、姫君と一緒に光源氏の姿を桟敷で御覧になり、光源氏のまばゆいまでに成り勝って行く容貌を賛嘆し、その美しさは「神などは目もこそとめたまへ」と、神に魅入られては困ると懸念するほど、斎斎《ゆゆ》しと危惧するのであった。一条大路に桟敷が設営されたという往時の史実が偲ばれる。

式部卿宮《しきぶきやうのみや》、桟敷《さじき》にてぞ見たまひける。「いとまばゆきまでねびゆく人の容貌《かたち》かな。神などは目もこそとめたまへ」とゆゆしく思したり。姫君は、年ごろ聞こえわたりたまふ御心ばへの世の人に似ぬを、なのめならむにてだにあり、ましてかうしもいかで、と御心とまりけり。いとど近くて見えむまでは思しよらず。

(葵二〇頁)

父宮と共に光源氏の麗姿を目の当りにした朝顔の姫君は、「年ごろ聞こえわたりたまふ御心ばへ」と、光源氏が姫君に、何年か消息を寄せ続けて来られたという心の背景が読みとれる。

物語はその内容を詳らかにしないが、いつの頃からであろうか、従姉弟（または従兄妹）にあたる高貴な姫君に対する光源氏の「御心ばへ」が示されるのである。

尚「御心ばへ」とは、つまり「心延へ」の意味を記せば「辺りにただよわせて、何かの形で現わしている様子から察せられる気持ち・本性、または趣向・心構えなど」[24]とある。

まさしくそれは、辺りにただよわせながら何らかの形で、姫君に働きかけている、光源氏の気持ちや趣向の現れの「御心ばへ」（心延へ）であろう。朝顔の姫君は、光源氏のその「御心ばへ」を「世の人に似ぬ」と、つまり世間の常の男性とは違うと言明している。

三歳の時に光源氏は不幸にして母更衣に先立たれ、六歳で祖母に死別するまでの間、後に二条院となる更衣の里邸で過ごす日が多かった。朝顔の姫君が、父宮の一条大路北桃園の宮に居所があったと仮定（斎院退下後と同じように）すれば、幼い二人の過ごしていた空間は、それほど遠い距離ではない。いつの日に光源氏が、朝顔の花を「折り枝」[25]にして姫君に奉ったのかは定かではないが、今、姫君は父宮と共に御禊の日の行列の様相に感動している。

そしてこれまでに、幾度となく消息を寄せ続けられたその本人光源氏の麗姿を、姫君は初めて目の当りにし、「ましてかうしもいかで、と御心とまりけり」と、どうしてこれほどまでに美しくすばらしい「御心ばへ」のお方なのかと光源氏その人の資質と類まれな美貌を見つめつつ、心が動かされるのであった。しかし、冷静で高い志操を持つ姫君はこれまでの自身の姿勢を決して崩そうとはしない。ここが空しさを表出する六条御息所とのちがいであろうか。

このように朝顔の姫君は、光源氏が長年にわたり姫君に寄せるその「御心ばへ」を、つまり、姫君に対する光源氏の一連の強い心の働き掛けを、姫君自身も感じ取るのである。ここに表される「御心ばへ」とは、その姫君の優しい眼差しから捉えた、姫君に寄せる光源氏側の「御心ばへ」である。

続く「御心ばへ」の例として、光源氏と朝顔の姫君の心情を、贈答歌と併せて辿ってみる。贈答歌第一首目である。

なほいみじうつれづれなれば、朝顔の宮に、今日のあはれはさりとも見知りたまふらむと推しはからるる御心ばへなれば、暗きほどなれど聞こえたまふ。……空の色したる唐の紙に、

源氏「わきてこの暮こそ袖は露けけれもの思ふ秋はあまたへぬれど

いつも時雨は」とあり。御手などの心とどめて書きたまへる、……　（葵五〇～五一頁）

光源氏は正妻葵の上が、物の怪に苦しみながら、夕霧を出産後急逝してしまったことに傷心し、六条御息所とは複雑な思いで歌を贈答し、葵の上の兄（或いは弟）頭中将や、葵の上の母大宮とも哀傷の歌を交わすのである。それでもなおひどく物思いに沈みがちな光源氏は人恋しく、「慰撫の願い(26)」を求めてか、夕暮れに、その空を思わせるような色の、上等な唐の紙（舶来の紙）に書いて、朝顔の姫宮（ここでは宮と呼称）に歌を寄せるのであった。

光源氏のその歌意は「特別に今日の夕暮れは涙で一段と袖が濡れてしまいます。物思う季節の秋はこれまでにたくさん経験してきましたが深い憂愁です。いつも時雨は降るものですが」と、古歌を踏まえて、いわゆる歌文融合の贈歌が、いつもよりも入念に書かれている。

姫君自身も、女房達もこの歌を見過ごし難く思い、服喪にある光源氏の御心を案じながら、遠慮がちに表したのが次の姫君の返歌である。

朝顔　秋霧に立ちおくれぬと聞きしよりしぐるる空もいかがとぞ思ふ

とのみ、ほのかなる墨つきにて思ひなし心にくし。（葵五〇～五一頁）

「秋霧の立ちこめるころに北の方（葵の上さま）に先立たれたとうかがいまして以来、今日のように時雨れる空をどのようなお気持ちでご覧になっているかとお察し申し上げます」とだけ、ほんのりと薄い墨の色で書かれている。光源氏は姫君の筆跡かと思うと、奥ゆかしくて「思ひなし心にくし」とほのぼのと心がひかれるのである。

この時の「御心ばへ」は、光源氏が自身の心を、辺りの情景に重ね感じるままに、姫君も光源氏のその場の心境を察し、姫君その人もその悲しみに寄り添ってくれるであろうと、光源氏が姫君の気立てを推測した姫君側の「御心ばへ」である。

「葵」巻の、この相互の「御心ばへ」は、光源氏と朝顔の姫君が、お互いの心の動きを見抜いて推し量ることをも可能とする意味である。そして久しく親しい感覚の間柄であることを示しているのであり、昔日からの長い歳月を物語っている場面ではなかろうか。

六　「賢木」巻　朝顔の姫君、賀茂の斎院に

「賢木」巻（第十巻目）では桐壺院が崩御され、朝顔の姫君が賀茂神社の斎院として立たれた。その理由は、これまで斎院であった桐壺帝の第三皇女（母弘徽殿大后）が、父帝崩御のための退下による代替わりである。

朝顔の姫君は親王の子（式部卿宮の子）であり、皇孫（女王）である。賀茂の斎院にはこうした孫王の例は多くはなかったけれども、そのころ適当な皇女がおいでにならなかったのであろうと本文は語る。

斎院は御服にて、おりゐたまひにしかば、朝顔の姫君は、かはりにゐたまひにき。賀茂のいつきには、孫王のゐたまふ例多くもあらざりけれどさるべき皇女やおはせざりけむ。大将の君、年月経れど、なほ御心離れたまはざりつるを、かう筋異になりたまひぬれば、口惜しくと思す。……御文などは絶えざるべし。　（賢木九六頁）

往時の史実を辿れば、『源氏物語』誕生の頃の一条朝には、大斎院と称される選子内親王(27)（父村上帝）が、極めて異例ではあるが、三代の御代（円融・花山・一条朝）にわたって賀茂神社の斎院として君臨しており、その後（三条・後一条朝）にも引き続いて、結果として五代の御代で奉仕した。しかし、物語は遡ること百年とされており、史実は醍醐朝である。その頃、恭子内親王(28)（父醍醐帝）が賀茂の斎院として奉仕していたが母の喪によって退下したという実例がある。

朝顔の姫君は孫王の立場で斎院として賀茂神社に奉仕することになった。光源氏は、この事実を受け止めながらも、これまで年月を経ても、御心は離れなかったのに、このように特殊なご身分になってしまわれたのが非常に残念に思われるのである。しかし、「御文などは絶えざるべし」と、折々の文通は続いているようだと、ここにも継続の意が表されている。

桐壺院の崩御により、宮中の雰囲気は変わり、政権は右大臣弘徽殿大后側に移った。不遇になった左大臣も致仕（辞職）し、光源氏や藤壺中宮方の人々には、険悪な情勢となってしまった。藤壺の宮はその諒闇の寂しさの中、里邸三条の宮に退出する。そして源氏の懸想を一層強く避け、桐壺帝譲位の際に決めおかれた東宮（後の冷泉帝）の地位を護るべく密かに出家を決意するのである。

光源氏はひとり苦しみ、憂悶の情に駆られて、雲林院に参籠した。

大将の君は、……秋の野も見たまひがてら、雲林院《うりんゐん》に詣でたまへり。故母御息所の御兄の律師《りし》の籠りたまへる坊にて、法文《ほふもん》など読み、行ひせむと思して、二三日《ふつかみか》おはするに、あはれなること多かり。

（賢木一〇八頁）

雲林院の僧坊には、光源氏の亡き母桐壺更衣の兄である律師《りっし》（僧正・僧都につぐ僧官）が籠っていた。そこで光源氏（大将の君）は経文を読み、勤行をしようと二三日滞在したのである。

雲林院[29]とは、『大鏡[30]』序の冒頭にも、極楽往生を願って法華経の講話が語られるように、もと紫野に実在した寺院であったようである。

『源氏物語』にも同じ紫野に、物語上朝顔の斎院が就任する斎院御所があるようである。

「新大系[31]」脚注は「斎院は普通、卜定後二年目に紫野の斎院御所に入るので、今年卜定したばかりの彼女がここにいるのは不審。」とされ、「新全集[32]」頭注も「この年の春、斎院に卜定された朝顔の姫君がここにいるのは不審。紫野に移るのは卜定後二年目で、それ以前は宮中にいるのが通例。」とある。加えて「全集[33]」頭注は「作者の過誤か」とされるが、「集成[34]」頭注には「今年冬までは宮中の初斎院にいるはずであるが、何かの事情で早く紫野の院に入ったものか。」とある。

尚、古注『湖月抄[35]』に引用された『細流抄』の雲林院の解説に、「河海序ニ淳和ノ離宮也。紫式部ノ墓ハ雲林院白毫院ノ南、小野ノ篁之墓之西也。宇治ノ寶蔵ノ日記にも、紫野に雲林院あるよしみえたりと云々。紅葉など面白キ所なるべし。「侘人のわきて立よる木のもとに、たのむかげなく紅葉ちりけり」など遍昭の讀み侍る所也。」と記される。僧正遍照（昭）の歌

(『古今和歌集』巻第五秋歌下二九二)には「雲林院の木のかげにたたずみてよみける」という詞書がついており、この歌は、侘び人が好んで身を寄せた雲林院の木陰ではあったが、すでに紅葉の散ってしまった後の光景のようである。しかし、この辺り一帯の秋の盛りには、たっぷりとした紅葉があったことが連想される。後文にも、藤壺の宮に関連した紅葉の文意が見られる。光源氏は、朝顔の姫君が神域にある斎院となり、斎院御所である紫野の院とは風も吹き交うほど近い、同じ紫野の雲林院に居るのであるからと、歌を贈るのである。

光源氏と朝顔の斎院の贈答歌第二首目である。

吹きかふ風も近きほどにて、斎院にも聞こえたまひけり。……御前には、

源氏「かけまくはかしこけれどもそのかみの秋思ほゆる木綿《ゆふ》襷《だすき》かな

昔を今に、と思ひたまふるもかひなく、とり返されむもののやうに」と、馴れ馴れしげに、唐《から》の浅緑《あさみどり》の紙に、榊《さかき》に木綿《ゆふ》つけなど、神々しうしなして参らせたまふ。(賢木一一一頁)

光源氏の歌意は「口に出して申すのも畏れ多いのですが、斎院になる前の、あの昔の秋が思い起こされます。今は、木綿襷を掛けるように神にご奉仕をする斎院であるあなたを」と、再

び（「葵」巻で光源氏の「御心ばへ」を姫君に贈った時も）、精一杯上質の唐の紙（中国渡来の高級なもの）に認めたのである。そしてその唐の紙を浅緑色に選び、斎院である姫君に相応しく、「文付け枝」[36]も榊にして緑に色を合わせ、神々しく装いながら、昔を今にとり返せるならと、「馴れ馴れしげに」と、心安そうにするのであった。

対する朝顔の斎院の返歌と光源氏の心内である。

木綿《ゆふ》の片《かた》はしに、

斎院「そのかみやいかがはありし木綿襷心にかけて忍《しの》ぶらんゆゑ

近き世に」とぞある。

御手こまやかにはあらねど、らうらうじう、草《さう》などをかしうなりにけり。まして朝顔もねびまさりたまへらむかしと、思ほゆるもただならず、恐ろしや。（賢木一一一～一一二頁）

朝顔の斎院の歌意は「私とあなたの間にその昔にどんなことがあったと仰せられるのでしょうか。お心にかけてあなたがお忍びになるというその子細は一体何のことでしょう。まして近い世には、なおさら心当たりもございません」というものである。そして、木綿《ゆふ》の片はしに書

サカキ　ツバキ科　サカキ属
『草木圖説　木部上　巻4図74』

かれた筆跡は、繊細ではないが、「らうらうじう、草などをかしうなりにけり。」と巧みな草仮名で切り返されている。

光源氏は更に「まして朝顔もねびまさりたまへらむかし」と、「朝顔の姫君その人も年とともにご容貌もますます美しい大人になっていることであろう」と、朝顔の姫君の容姿を以前に見（垣間見）たことがあるかのような暗示である。それにつけても神域にあり神に仕える斎院をそのように想像されて心が騒ぐとは、なんと恐ろしいことであろうかと「草子地」[37]は語る。

再び、光源氏と朝顔の姫君の心内とその情況である。

わりなう思さば、さもありぬべかりし年ごろはのどかに過ぐいたまひて、今は悔しう思さるべかめるも、あやしき御心なりや。院も、かくなべてならぬ御心ばへを見知りきこえたまへれば、たまさかなる御返りなどは、えしもて離れきこえたまふまじかめり。すこし

あいなきことなりかし。　　　　　　　　　　　　　（賢木一一二頁）

光源氏の心境を「無理にでもとお慕い求めになれば結婚することもかなったであろう頃は、のんびりとお過ごしになって、今になって残念にお思いになるのも、妙なお心である」とまたも「草子地」は批評する。光源氏は時機を逸してしまったと悔やんでいるが、「葵」巻に遡れば、姫君の堅固な姿勢に変わりはなかった筈である。かと言って光源氏から寄せられる親愛感に対しては、「院（朝顔の斎院）も、かくなべてならぬ御心ばへを見知りきこえたまへれば、」と物語的にも幾度かの光源氏と姫君の「御心ばへ」が表される。ゆえに、たまさかの光源氏への返信はそっけなくは対応し得ないと姫君も、光源氏の御心ばへ（姫君に寄せる親しみ）を深く理解しているのである。

では、神職に因む表現（畏し・神・木綿襷）を多用しながら、神慮を恐れもしないほどの、朝顔の斎院に寄せる光源氏の執心とは、どのようなものなのか。「全集」の解説に「朝顔の姫君は、この物語の世界で終始源氏の心のどこかにその場を占める貴人である。源氏に心を寄せながら、近寄りがたいある一定の距離を保ちつづける、それゆえに源氏にとっては忘れ得ぬ人でありつづける(38)」とある。しかしながら、心を寄せているのは光源氏の方でも同様であろう。

朝顔の姫君は、光源氏から寄せられたその心を察し、真に理解し得る「御心ばへ」を備えた人なのである。このことは、これまで点描された中に二人の継続性の表れとしても捉えてきたことである。

では一定の距離を保ちながら、光源氏が「忘れ得ぬ人」でありつづける朝顔の姫君を、心に描く根源的な心象風景は一体何であろうか。それは高貴な姫君に対する、光源氏の一方的な憧憬であるのか。ここに迫って光源氏と朝顔の姫君との関わりを更に辿ってみたい。

確かに朝顔の姫君は、終始光源氏の心のどこかを占めている。折に触れて、光源氏は無性に近寄りたいと懐かしむ女性なのである。そこには昔日からの経緯があり、先の「葵」巻でみたように、光源氏が葵の上の喪に服している時の贈歌はまさに慰撫の願いであった。

続く本巻における「かけまくはかしこけれどもそのかみの……」・「そのかみやいかがはありし木綿欅……」のお互いに遠慮のない贈答歌は、姫君の父宮の桃園邸を背景とする幼少期から長年にわたって光源氏が桃園の地に親しみを感じていた証しであると見られる。そこには神域を超えて尚、愛執が許されるほど、光源氏の無意識の深層心理が働いていたのかもしれない。かつての「朝顔奉りたまひし歌」などの時期が何時であったのか定かではないが、光源氏二十四歳の現在である。後文の、光源氏と朝顔の斎院の再度の贈答歌と、叔母女五の宮の語りに耳を傾けたい。

雲林院から帰邸した光源氏は、藤壺の宮に山の紅葉を贈り（先の『細流抄』の解説がしのばれる）、兄朱雀帝のもとにも参内し昔今の話を語り合う。

季節は移り、「雪いたう降りたり」とする大雪の中、桐壺院の一周忌が済み、さらに藤壺の宮主催の荘厳な法華御八講が営まれた。最終日に、若く美しい藤壺の宮はついに出家を果たされた。宮にとってはかねてよりの心密かな決意であったが、初めて耳にした人々は茫然とし、光源氏の動揺は大きい。しかし東宮の母藤壺の宮にとっては、政敵右大臣側の支配下で、幼い東宮を護る切実な手段でもあった。光源氏の懊悩もいっそう深くなるばかりである。

年が改まり、桐壺院の諒闇の年も明けた。宮中のあたりは正月行事も行われ華麗さをとり戻した。しかし桐壺帝亡き後の藤壺の宮や光源氏にはますます右大臣・弘徽殿大后側の圧迫が加わる。勤行に向かう藤壺の宮の思いは、罪の赦しと東宮の安泰を願うばかりである。

一方、光源氏は折しも満たされぬ思いの代償か、政治的に敵対する右大臣の姫君朧月夜（先に、「花宴」巻で官能的な出逢いがあった）との密会が露見し、右大臣と弘徽殿大后は激怒し、光源氏を失脚させようと画策するのである。これが物語全体の展開を極めることになるのである。つまり須磨への流謫《るたく》（或いは光源氏自身としては自らの流離か）ということである。

性急で軽率なところがあるといわれる右大臣は、弘徽殿大后に光源氏と朧月夜との密会を告げたばかりではなく、朝顔の斎院の噂話を引き合いに出した。

右大臣「かうかうの事なむはべる……斎院をもなほ聞こえ犯しつつ、忍びに御文通はしなどして、けしきあることなど、人の語りはべりしをも……」

（賢木一三九頁）

朝顔の斎院は、朱雀帝の御代に賀茂神に仕える人であり、光源氏はその斎院に密かに文を通わす（斎院に対する恋慕を「犯し」と表現）とは、それは朱雀帝に対しての冒瀆であることを意味するものであると、作り上げられた噂をもとに話すのである。これを聞いた弘徽殿大后は激しく憤り、光源氏ばかりでなく、ついに右大臣方の当の本人朧月夜をも非難する。

大后「……忍びてわが心の入る方に、なびきたまふにこそははべらめ。斎院の御事はましてさもあらん。何ごとにつけても、朝廷《おほやけ》の御方にうしろやすからず見ゆるは、春宮の御世心寄せことなる人なればことわりになむあめる」

（賢木一四〇〜一四一頁）

「花宴」巻では先に、朧月夜から光源氏に贈歌があった。通常は男性から先に贈られるものであるのに、朧月夜の熱情的な切実な思いがそうさせたのであろう。「朧月夜は忍んで密かに自分の気に入った人に傾いているのでしょう」と、朧月夜側の非を認めながらも、弘徽殿大后の怒りは自家に傷を負わせない手段として、噂にしか過ぎない朝顔の斎院との関係に向けられる。その上大后は、「何ごとにつけ朝廷《おほやけ》の御方に（朱雀帝の御ために）安心できないように思えるのは、春宮（東宮・後の冷泉帝）のご治世に、光源氏は後見人として、期待を寄せる特別な人なので、それも当然のことでしょう」と、次の御世に向けて、右大臣家権力強化の思惑から光源氏を警戒している。

こうして光源氏は、心の奥深くに藤壺の宮への禁忌の恋を閉じたまま、表向きには朧月夜との密会、物語上には朝顔の斎院の噂話までもが用意され、物語は「須磨」・「明石」巻へと近づくのである。

七「薄雲」巻に至るまで

「賢木」巻の後、物語は「花散里」・「須磨」・「明石」・「澪標」・「蓬生」・「関屋」・「絵合」・

「松風」巻を経て「薄雲」巻に至る。なかでも物語の筋立てに光を当てるといわれる「須磨」・「明石」巻には、林田孝和氏の解説される「貴種流離譚」(39)の類型が取り込まれる。

桐壺帝の第二皇子である光源氏が、自らを謹慎の身として須磨に退去し、ちょうど一年が過ぎたころの三月上巳の日、海岸で禊をしていると、急に空はかき曇り、海には稲妻が閃き雷鳴が轟く。雨脚の当る所はどこもかしこも貫き通してしまうほどである。未だ経験した事もない高潮にも襲われた。明け方、光源氏は怪しい夢に苛まれ、須磨を発ちたいと願っていた。その時、「住吉の神の導きたまふままに、はや舟出してこの浦を去りね」（明石巻二二九頁）という故父桐壺院の夢のお告げがあり、受領となった明石の入道（近衛の中将の官を捨て京を離れ、播磨の守となり、今では出家して一人娘〈明石の君〉に夢を託して養育している）に誘われるように迎えられて、舞台は須磨から明石へと移ったのである。

光源氏は思いも寄らず、数寄を凝らした入道の邸で少し落ち着きを得たのである。入道はそれまでの志を光源氏に伝え、娘明石の君のもとに導いた。教養の備わった明石の君は京の女性と変わりなく琵琶や筝の名手であった。それでも受領の娘という身の程を意識した明石の君は、父の懇願や、光源氏の求めに容易に応じようとはしない。しかし物語の進行と現実は、父入道の夢の実現に向かうかのように、光源氏との間に後に明石の女御として今上帝に入内する明石の姫君を授かることになるのである。

一方、京でも嵐が止まず、その年のうちに太政大臣（右大臣）が他界し、弘徽殿大后も病がちという凶事が続き、朱雀帝は夢で故桐壺院に叱責され、光源氏を京へ帰還させるのである。

帰京後の光源氏は、父院の追善供養を行い、流謫の身であったために自身にとっては空白の政界であったが、本官に復帰することが叶い、運命が開けてきたのであった。

二年数か月に及ぶ須磨・明石への退去は光源氏が通過しなければならなかった一連の儀礼でもあったかのような出来事であった。

「澪標」巻では、朱雀帝から冷泉帝へと譲位され、致仕の左大臣（源氏の正妻故葵の上の父）は摂政太政大臣に就任、光源氏も内大臣に昇進し、冷泉帝の御代として治世は大きく変わったのである。

八　「薄雲」巻

朝顔の姫君、斎院退下

「絵合」巻に次ぐ「松風」巻を受けて、「薄雲」巻の冒頭は「冬になりゆくままに、川づらの住まいいとど心細さまさりて」と、大堰《おおい》川（桂川の上流）のほとりの大堰の邸が描き出される。

明石の君は、明石の姫君、母尼君と共に（父入道は明石で惜別）大堰の邸で暮らしながらも心細さがつのるばかりであった。そのような折ではあるが、光源氏は姫君の将来を重んじ、紫の上の賛同を得て、姫君を手放さなければならない明石の君を説得し、明石の姫君を二条院の紫の上の養女に迎えたのである。明けて新春には、光源氏は三十二歳、朝顔の姫君前出の「賢木」巻からは八年の歳月が流れている。

そして年が改まったこの年、天変地異が多く世の中が騒然としたとの物語の設定である。

その年、おほかた世の中騒がしくて、公《おほやけ》ざまにもののさとししげく、のどかならで、天《あま》つ空《そら》にも、例に違《たが》へる月日星の光見え、雲のただずまひありとのみ世の人おどろくこと多くて、……（薄雲四三三頁）

「その年世間いったいが騒がしく、朝廷においても神仏のさとしが頻りにおこり穏やかでなく、天にもいつもとは違った月や日や星が見え、不思議な雲の姿があり、世の人々は驚くことが多くて」と、恐らくは社会に疫病や災害が頻発したのであろうともいわれ、今に解る月蝕、日蝕、流星、彗星、雲の形などをどのように思い描かれたのか、往時の世の中の様相や、天体の仕組みによる自然現象がつづられる。

須磨、明石から帰京後の光源氏は順風満帆のようであったが、重鎮であった故葵の上の父太政大臣が世を去った。そして「燈火《ともしび》などの消え入るやうにてはてたまひぬれば」（薄雲四三七頁）と、冷泉帝の御母藤壺中宮も崩御された。冷泉帝の夜居の僧都はこの事態を重くとらえ、帝に光源氏と藤壺の宮の秘事を奏上するのである。実父が光源氏であったことの出生の秘密を知った冷泉帝は衝撃を受け、光源氏を前にさまざまに煩悶する。

ある時、帝は光源氏が臣下にいることを心苦しく思い、譲位をほのめかしたが光源氏はきびしくそれを戒めた。太政大臣への勧めもあったが、光源氏はそれも固辞して受けない。

そうした中に桐壺院の弟宮、朝顔の姫君の父桃園の式部卿宮も薨去されたことが奏上され、帝はますます穏やかならぬ世の中を、嘆かわしく思われるのである。

こうした父宮の薨去という事情から、朝顔の斎院も賀茂の社から退下されることになるのである。


その日式部卿の親王亡せたまひぬるよし奏するに、いよいよ世の中の騒がしきことを嘆き思したり。（薄雲四四三頁）

そして、迎えるのが当該巻「朝顔」の巻である。

九 「朝顔」巻

「ただこの一《ひと》ところや、世に残りたまへらむ」

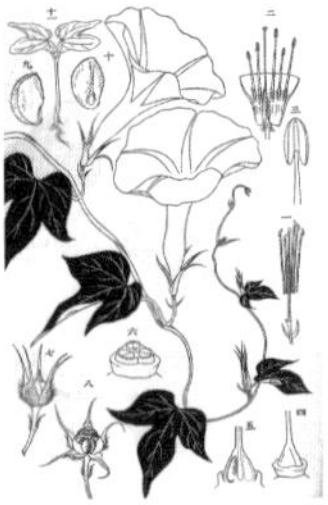

(一) 前斎院朝顔の姫君

朝顔の斎院は、父式部卿宮の服喪のために、賀茂神社の斎院を退下され、当該巻では前の斎院としての立場で登場する。

「朝顔」巻の冒頭である。

斎院は、御服《ぶく》にておりゐたまひにきかし。大臣《おとど》、例の思しそめつること絶えぬ御癖にて、御とぶらひなどいとしげう聞こえたまふ。宮、わづらはしかりしことを思せば、御返りもうちとけて聞こえたまはず。いと口惜しと思しわたる

(朝顔四五九頁)

「朝顔の宮」と称された「葵」巻から、再び「宮」との呼称で再現される前斎院朝顔の姫君

である。「全集」頭注は「親王の娘を『宮』と称するのは、源氏に対する高貴な女性としての待遇によるか」（葵五〇頁）とされている。

物語の流れは、巻々の進行に伴い、朝顔の姫君はおよそ八年の歳月を賀茂神に奉仕した。そして、朝顔の姫君が斎院であった期間前後の、物語の順列による「葵」巻・「朝顔」巻（巻序の間隔はあるが）において、「朝顔の宮」・「宮」と称されるのは、朝顔の姫君の居所が幼い頃から父宮の桃園邸にあったという意味合いも含まれようか。

その姫君を光源氏は、「思しそめつること」と、一体いつごろから思い初めたのか。

朝顔の姫君が賀茂神社の斎院を退下した今、光源氏は神域にない姫君に禁忌も解けたかと思うからであろう、頻繁にお見舞いのお便りなどをさしあげる。朝顔の姫君は、「宮、わづらはしかりしことを思せば、御返りもうちとけて聞こえたまはず」と、以前に光源氏の執心に困惑した時期もあったことや、右大臣側弘徽殿大后の、光源氏と姫君に関しての風説に惑わされた思い込みなどがよみがえるのか、容易に気をゆるさない。光源氏はそれを常に残念に「思しわたる」と思い続け、時に隔てをおかれても、憚ることなく前斎院朝顔の姫君に寄せる「御心ばへ」は変わらないのである。

（二）　桃園の宮邸・一条大路北

桐壺朝への回帰

桃園の宮邸と朝顔の姫君の状況が語られる。

長月《ながつき》になりて、桃園《ももぞの》の宮に渡りたまひぬるを聞きて、女五の宮のそこにおはすれば、そなたの御とぶらひにことづけて参うでたまふ。故院の、この御子《みこ》たちをば、心ことにやむごとなく思ひきこえたまへりしかば、今も親しく次々に聞こえかはしたまふめり。同じ寝殿《しんでん》の西東《ひむがし》にぞ住みたまひける。

（朝顔四五九頁）

九月になり、斎院を辞した後の一定期間が過ぎ、前斎院としての朝顔の姫君は、故父式部卿宮の桃園邸寝殿の西側に移り住むことになった。斎院退下後の朝顔の姫君の明らかな居所「桃園の宮」(40)の描写である。

寝殿の東側には、光源氏の叔母女五の宮（桐壺帝の妹宮・朝顔の姫君にも源氏にも叔母に当る）が住んでいる。光源氏はこれまで八年間も神域にあった前斎院への遠慮も、今緩やかになったかの思いに駆られて、年老いた叔母のお見舞いにかこつけて、桃園邸訪問も足繁くなるのである。しかし以前からも光源氏は、故父桐壺院が女五の宮たちを「心ことにやむごとなく」と特別に大切にあつかっていたことを知っており、「今も親しく次々に聞こえかはしたまふめり」と、桃園宮邸との親交が深いことを窺い知ることのできる場面である。

桃園邸を訪れた光源氏は、叔母女五の宮と対面し、その老齢の叔母は、光源氏のかつての須磨流謫の身を思い、京への帰還と政界への復帰を心底から喜び、今目前にした光源氏を懐かしむのである。

続く叔母女五の宮の語りである。

「いときよらにねびまさりたまひにけるかな。童にものしたまへりしを見たてまつりそめし時、世にかかる光の出でおはしたることと驚かれはべりしを。時々見たてまつるごとに、ゆゆしくおぼえはべりてなむ。」

(朝顔四六一頁)

桐壺朝を想起させられるような、女五の宮の光源氏に寄せる絶賛である。

「ほんとうにお美しく成人なさいましたこと、まだお小さくていらっしゃったお姿を初めて拝見しました時、世の中に、このように光り輝くばかりに美しいお方がお生まれなさったことかと、驚かずにはいられませんでした。そして時折お目にかかる度ごとに、『ゆゆしくおぼえはべりて』と、神に魅入られるようなことでも起こるのではないかと心配になったものでした。」と、光源氏の誕生から幼少期を彷彿とさせる叔母女五の宮の語りである。まさしく「桐壺」巻の「世の人光る君と聞こゆ」の再現である。そしてこの年老いた叔母女五の宮こそが桐壺朝の昔日を熟知している人なのである。

後文によれば、桐壺帝時代に活躍していた源典侍（「源典侍といひし人は、尼になりて、この宮の御弟子にてなむ行ふと聞きしかど」）も、尼になって叔母女五の宮の近くに侍って勤行している。

再び、女五の宮は、

『内裏《うち》の上《うへ》なむ、いとよく似たてまつらせたまへる』と、人々聞こゆるを、……」

（朝顔四六一頁）

と、光源氏と冷泉帝との不思議なほどの容貌の酷似を語るのである。一瞬、光源氏の重大な過失を知る我々読者としても、暗に藤壺の宮を想起させられ、なぜ突如桐壺朝の背景が再現されたのか、という思いに駆られる。

これに関連して小山利彦氏は、確かにこの濃厚な時代背景を「なぜ桐壺帝の世界に回帰しなくてはならないのか、という点の解明も待たれる」[41]とされる。

桐壺朝への回帰は、ここで光源氏の幼少期を先ず語り出す必要性があったからではなかろうか。それにはこの年老いた叔母女五の宮こそが、光源氏の「童にものしたまへりしを見たてまつりそめし時、世にかかる光の出でおはしたる」と、光源氏誕生のころから、昔日の面影を回顧できる唯一の人であることが強調され、源典侍のような女五の宮周辺の登場人物の起用も不可避だったのである。その上、「時々見たてまつるごとに、ゆゆしくおぼえはべりてなむ。」と、時の経過が示されて、更に光源氏の幼少期からの美質が語られる。

同時にそれは朝顔の姫君の幼女期でもあり（確かな年齢は詳らかでないが）、桃園邸にあったと仮定する深窓の姫君を暗示する効果を狙ったのではあるまいか。そうであれば光源氏にとってもこの桃園邸は幼い時から、御簾の向うに可憐で高貴な朝顔の姫君が投影されていたことになるであろう。このように女五の宮をして線条的に語らしめる構成が、光源氏と朝顔の姫君の二人の時空をも暗示させていることになるのではなかろうか。桐壺朝世界への回帰は、物語の展開上からも、藤壺の宮・朝顔の姫君の連関描写の基盤として据えておかなければならなかったのである。着目しておきたい部分である。

続いて女五の宮の語りである。

「三の宮うらやましく、さるべき御ゆかりそひて、親しく見たてまつりたまふを、うらやみはべる。この亡せたまひぬるも、さやうにこそ悔いたまふをりをりありしか」とのたまふにぞ、すこし耳とまりたまふ。

（朝顔四六二頁）

三の宮は、光源氏の正妻亡き葵の上の母、桐壺帝の妹宮であり、女五の宮の姉宮に当る。「三の宮（姉宮）がおうらやましい限りで、さるべき御ゆかり（源氏が三の宮の娘婿となり、葵の上との間に孫夕霧が生まれたこと）も加わって、親身になってお世話なさっていらっしゃるのをうらやんでおります。こちらの亡くなられた兄宮も、そのようなご縁があればよかったと、そんなふうに後悔なさっていた折々もありましたが」と、五の宮の話に光源氏も耳が留まるのであった。

朝顔の姫君の父桃園邸の故式部卿宮も桐壺帝の弟宮であり、その式部卿宮が、朝顔の姫君も女三の宮の姫君葵の上のように、光源氏とのご縁が加わっていたら、と後悔していた折が幾度かありましたと、女五の宮によって、兄式部卿宮のかつての思いが伝えられる。

これは単に女五の宮の老いの繰り言のような印象も与えられるが、実は桐壺朝への回帰とともに、光源氏の「思い初めた人」に最もふさわしい人として、朝顔の姫君の尊貴な身分が強調されたのである。それはやがて紫の上に不安を与え、苦悩の日が描出されることにも繋がることなのであるが。

物語の巧妙な展開は、叔母女五の宮との対話を切り上げた光源氏が好機を得たりとばかり、桃園邸寝殿の西側に住む朝顔の姫君へと視点を移す。

> あなたの御前を見やりたまへば、枯れ枯れたる前栽《せんざい》の心ばへもことに見わたされて、のどやかにながめたまふらむ御ありさま容貌《かたち》もいとゆかしくあはれにて、……やがて簀子《すのこ》より渡りたまふ。暗うなりたるほどなれど、鈍色《にびいろ》の御簾《みす》に、黒き御几帳《みきちやう》の透影《すきかげ》あはれに、追《おひ》風《かぜ》なまめかしく吹きとほし、けはひあらまほし。簀子《すのこ》はかたはらいたければ、南の廂《ひさし》に入れたてまつる。（朝顔四六三頁）

姫君の住む西側の方に目をやると、秋の移ろいを感じさせる前栽の心ばえ（植込みの風情）が格別な思いで見渡される。その中には霜枯れた植物朝顔の姿もあったかもしれない。光源氏は、父宮の服喪中にある姫君が、静かに物思いがちな日々をお暮しかと、そのご様子やご容貌を知りたく思い、叔母君の住む東側から西側へと簀子《すのこ》伝いに移られる。

夕暮れの気配ただよう中、鈍色（薄墨色）の御簾ごしに、黒い御几帳が透けて見えるのも、しみじみとした思いに打たれ、追い風が、たきしめる香の薫りをのせ優艶に吹き通してくるその風情は全く好ましく申し分がない。姫君の侍女は簀子では心苦しいのでと光源氏を南の廂《ひさし》の間《ま》にお入れ申し上げる。

光源氏と朝顔の斎院家の女房・宣旨を介しての対話である。

源氏「今さらに若々しき心地する御簾の前かな。神さびにける年月の労数へられはべるに、……」

朝顔「ありし世は、みな夢に見なして、今なむさめてはかなきにや、と思ひたまへ定めがたくはべるに……」　（朝顔四六三～四六四頁）

光源氏は神さびるほど長い年月、前斎院朝顔の姫君をお慕い続けてきたその労は、まるで官人が功労を積むために必要な長い期間と同じようだと、長い歳月の姫君への思慕を訴えるのである。対して朝顔の姫君は「ありし世」と父宮在世時代、そして斎院在任時代は、みな夢のように思われますが、今は夢から覚めてかえってはかない思いがするものですと、なぜか人生の無常へ転じられている。

光源氏と前斎院朝顔の姫君の贈答歌三首目（当該巻一首目）である。

源氏「人知れず神のゆるしを待ちし間にここらつれなき世を過ぐすかな

今は、何のいさめにか、かこたせたまはむとすらむ。なべて世にわづらはしき事さへはべりし後、さまざまに思ひたまへ集めしかな。いかで片はしをだに」とあながちに聞こえたまふ。御用意なども、昔よりもいますこしなまめかしき気さへ添ひたまひにけり。

（朝顔四六四頁）

光源氏は、「心ひそかにあなたがお仕えをする賀茂の神のお許しを待っている間（八年の在任期間）、逢いたいと思っても逢えない、すげないお扱いに堪えながら、こんなにも長い間過ごしてきたものです。しかし、斎院を退任された今は、何の禁制を口実になさろうというのでしょうか。総じて世の中に面倒なこと（須磨への流謫・流離）がありましてこのかた、ほんとうにいろいろとつらい思いを重ねてまいりました。どうかその一端だけでもお話を申し上げたいのです。」と、たって訴えられる、いわゆる歌文融合の文体に続き、地の文は更に、心づかいや御様子なども昔より、優美さや風格が加わった若々しさだと光源氏の端正な姿を述べる。

対する朝顔の姫君の返歌である。

朝顔　なべて世のあはればかりをとふからに誓ひしことと神やいさめむ　（朝顔四六四頁）

その歌意は「総じて世の中の悲しみばかりをお尋ねするぐらいのことでも賀茂の神は、かつての誓いにどうして背くのかとお咎めになるでしょう。」と光源氏の「何のいさめにか」の言葉を受けて「神やいさめむ」と切り返したのである。

朝顔の姫君が多年にわたる斎院在任期間が終えた今こそ、「神のゆるし」が出たのではないかと、そして、「待ちし間に」と、光源氏は、朝顔の斎院とその同時に流れた時の経過を実感し、姫君の心に迫るが、前斎院である姫君は志操堅固の姿勢を崩そうとしない。それは単に結婚拒否という問題に留まらず、御禊をすませ、長く聖域に属した姫君の聖女としての資格と人品の成すところであろう。

光源氏は前斎院朝顔の姫君と対座したまま、姫君の返歌を受けてとりつく島もなく、気分さえも満たされずにその邸を退出した。その後の桃園邸の晩秋の情景である。光源氏と朝顔の姫君の、それぞれに過ぎ去った長い日々の無常感が、姫君によって神への畏れも含めて語られる。

おほかたの空もをかしきほどに、木の葉の音なひにつけても、過ぎにしもののあはれとり返しつつ、そのをりをり、をかしくもあはれにも、深く見えたまひし御心ばへなども、思ひ出できこえさす。（朝顔四六五頁）

光源氏が立ち去った気配の中で、ただでさえ空の美しい季節、木の葉の散りかかる音につけても、「深く見えたまひし御心ばへ」と、やはり姫君もその折々光源氏から寄せられた情感が改めて回想されるのである。朝顔の姫君の心内に季節の趣を重ねた景情一致の描写である。

先の歌は、桃園邸訪問の光源氏と、朝顔の姫君との静かな贈答歌と晩秋の宵の情景であった。しかし、「心やまし」と胸中もおさまらないまま立ち去った光源氏が、二条院に帰邸後の翌朝のことである。霧の立ち込めた自邸の前栽を眺めていると、その中に色艶も移ろってかすかに咲く朝顔の花が目にうつった。光源氏は何を思ったのか。それを侍女に折らせて姫君に奉ったのである。

心やましくて立ち出でたまひぬるは、まして寝ざめがちに思しつづけらる。とく御格子《みかうし》まゐらせたまひて、朝霧をながめたまふ。枯れたる花どもの中に、朝顔のこれかれ這ひまつはれて、あるかなきかに咲きて、にほひもことに変れるを、折らせたまひて奉れたまふ。

（朝顔四六五～四六六頁）

朝顔の姫君の住む桃園の宮寝殿の西側の風情は、「枯れ枯れたる前栽」であったが、光源氏の自邸二条院の前栽の中にも「枯れたる花どもの中に、朝顔のこれかれ這ひまつはれて」と、霜枯れた花々のなかに、かつては美しい色に映えていた朝顔の花も、わずかに咲き残っている様相である。ここに朝顔の花が「這ひまつはれて」と表現されていることにより、本物語の朝顔は、『万葉集』にみる「桔梗《ききょう》」（多年草）や、「槿《むくげ》」（落葉木）のような直立の植物ではなく、現在と同じ一年草・蔓性の「朝顔」であることが認識される。

（三）「朝顔」巻名への由来

再びの折り枝「朝顔の花」に託して

光源氏は、枯れ枯れの花々の中の、「にほひもことに変れるを、折らせたまひて奉れたまふ。」と、その残り花のような、色も移ろい心細げに這って籬《まがき》に結ぼほれた朝顔の花を、折り枝（文付け枝）にして姫君に歌を贈ったのである。あの「朝顔奉りたまひし歌」以来の朝顔の文付け枝である。

贈答歌四首目（当該巻二首目）である。

「けざやかなりし御もてなしに……されど、
　源氏　見しをりのつゆわすられぬ朝顔の花のさかりは過ぎやしぬらん
年ごろのつもりも、あはれとばかりは、さりとも思し知るらむやとなむ、かつは」など聞こえたまへり。
（朝顔四六六頁）

姫君からの扱いに不満な光源氏は、姫君の真情も意に介せず、「昔見た折のことが少しも忘れられません（そのお姿が目に心にはっきりと残っております）。朝顔の花を思わせるようなあなたの花の盛りはもう過ぎておしまいでしょうか。」と、「あるかなきかに咲く」朝顔の折り枝に歌を託したのである。

朝顔の姫君を植物朝顔の花に喩えて語りかけた人物と植物の融合の場面である。

続く文意は「お慕いして長い年月になりましたのも、かわいそうにとぐらいはいくらなんでもお解りいただいておりましょうか、そして一方では（きっとおわかりいただけるものと頼みにしております）」と、語らずとも分かり合えそうな姫君の心情に迫ってみた。

このように大胆に詠い上げられた、遠慮のない、しかも何か懐かしさも籠められているような、いわゆる歌文融合の歌の初句、「見しをりの」という過去の意味である。

「朝顔」という歌ことばは、花の命の短さや無常観の他に、当時は朝の人の素顔を連想させて詠うという用法があった。このことに重ねて、光源氏と姫君の情交を暗示させるとする説も多いが、私は光源氏の幼き日に、単に桃園邸での朝方の偶然の垣間見ではなかったかと仮定してみたい。その時、或いは近くの前栽の中に朝顔の花が清々しく咲き誇っていたかも知れない。

他に、「見しをり」の、類似した垣間見の例として、「対の上の、見しをりよりも、ねびまさりたまへらむありさまゆかしきに、静心もなし。」（「若菜下」巻一八五頁）の表現がある。このことは、かつて夕霧が野分の翌朝、六条院の南の御殿を見舞った折に、偶然に紫の上（対の上）

を垣間見てしまった。その時の紫の上の無類の美しさが、父光源氏を用心させるほど夕霧の脳裏に刻印されてしまった。

歳月を経て、夕霧は「若菜下」巻の女楽（女性により演奏される音楽の意）に招かれたことがある。簀子《すのこ》に居た夕霧は明石の姫君の弾く箏の琴の調絃を依頼された。その折に、和琴を弾く御簾の向こうの紫の上を、「対の上はかつて垣間見た折よりも、年齢とともにどれほどか美しさが勝っておいでになるでありましょうと、そのお姿が見たくて心落ち着かない」と、紫の上を思い描く場面がある。

先述の通り、朝顔の姫君が一条大路北桃園の宮邸で育まれたとすれば、光源氏（若宮）は母更衣亡き後、二条の祖母のもとで過ごした時期があり、光源氏と姫君は比較的近い距離に暮らした幼少期があったと思われる。先の女五の宮の語りに「童にものしたまへりしを見たてまつりそめし時、……時々見たてまつるごとに、」と、光源氏の幼年期の姿を頻繁に目にしていた表現があった。その幼き日に光源氏は桃園邸において、何かの折に従姉弟（または従兄妹）である姫君の容姿をふと目にしたことがあり、自身の瞼にしっかりと刻まれてしまったのだと解釈してみることは出来ないだろうか。

このことの解明の糸口として想起されるのが、或いは「朝顔奉りたまひし歌」などの時期が、女五の宮によって語り出された、つまりまだ幼少年期の光源氏である。

そこには、前述の「時々見たてまつるごとに」とされる桃園邸を度々訪問したと思われる（女五の宮の移動は考えにくいので）際の光源氏の幼少期を彷彿とさせるものがある。その折、少年（幼年）光源氏は偶然にして朝顔の姫君を垣間見たのではなかろうか。

そのことが「見しをりの」なのであり、それは「垣間見」の話型（垣間見から恋物語へと発展する類）に拘泥することのない、言わば『目の呪能』に基づいた『垣間見』の話型と『見るなの禁忌』との相関から、様々な変型が生み出される。そうした話型同士の微妙な力関係のあわいによって、『作者の創意』を具現化する独自の形象が無数に立ち上がるのである。(42)」とされる秋澤亙氏の卓説により、一類の期せずして自然な垣間見の姿と見て取れようか。

更に同氏は、「見られる女性本人に内在する禁忌性が強ければ、『見るな』の話型が触発され、『垣間見』の話型が食い破られて、恋物語へと展開してゆかないのである。(43)」と説かれる。このことは、正に当初から朝顔の姫君が「賀茂の斎院」という立場が約束されていた物語的布石ではなかっただろうかとも思われるのである。

一方、姫君はいまだ垣間見られたことに気付いていないとすれば、既述「賢木」巻の、「そのかみやいかがはありし……」（その昔にどんなことがあったと仰せられるのでしょう……心当たりもございません）の、歌の解釈にも矛盾をきたすことなく、正しく聖女朝顔の斎院の姿なのである。

このような経緯により、光源氏の朝顔の姫君に対する幼き日からの憧憬は、時折、一方的でちぐはぐな不調和をもたらすことはあっても、「見しをりの」歌に添えられた消息文は、二人にとって、同時に過ぎ去った歳月の思いを物語り、光源氏の老成した「御心ばへ」（心延へ）に込めて贈られてきたのである。

対する姫君の返歌と光源氏の心情である。

おとなびたる御文の心ばへに、おぼつかなからむも、見知らぬやうにやと思し、人々も御硯とりまかなひて聞こゆれば、

朝顔「秋はてて霧のまがきにむすぼほれあるかなきかにうつる朝顔

似つかはしきは御よそへにつけても、露けく」とのみあるは、何のをかしきふしもなきを、いかなるにか、置きがたく御覧ずめり。

（朝顔四六六～四六七頁）

姫君も、光源氏からの文面の穏やかな趣に、しかも遠慮の要らぬ旧知の友のような心境で綴

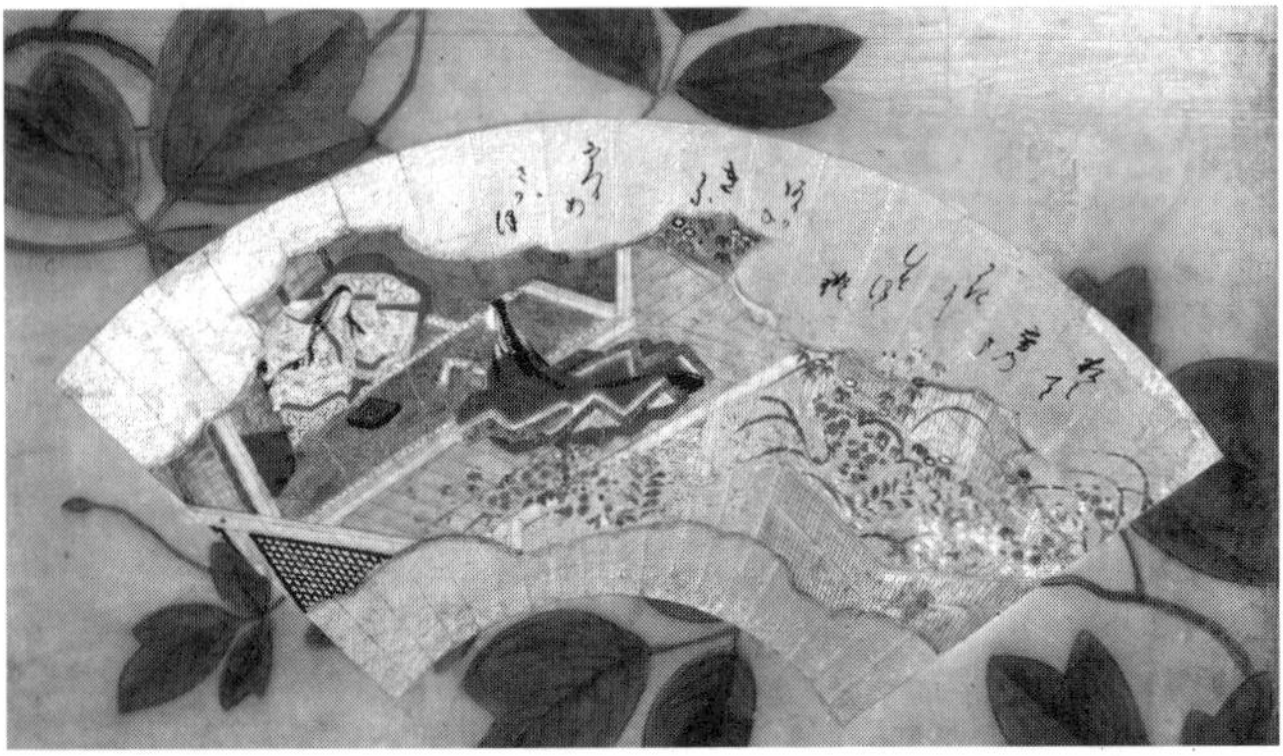

「源氏物語絵扇面散屏風」朝顔　六曲一双　室町時代　広島・浄土寺蔵　撮影・村上宏治

女房たちの勧めもあり、硯を寄せて源氏への返信をする姫君（姫君の前に黒い硯が見える）

られている「御文の心ばへ」に、女房たちの勧めもあり硯を寄せて応えたのである。

その姫君の歌意は「秋も果てて霧の立ち込める垣根にまつわりつくように結びついて（花のさかりは過ぎて）、あるかなきかに移ろっている朝顔、それがこの私なのでございます」と、光源氏の歌に全く反発を見せなかったばかりではない。「似つかはしきは御よそへ」と、自らを晩秋の朝顔の花に擬えたのはふさわしいことだとして、「あるかなきか」の朝顔の文付け枝（折り枝）の様相に寄せて返書した。しみじみとした情趣の中に身を置く姫君は父宮の服喪期間なのである。

光源氏は、青鈍色の紙に認められた姫君の消息を「いかなるにか、置きがたく御覧ずめり。」と、どういうわけか離し難い。それは多くの歳月を重ねた源氏自身の強い昔日の思いと、光源氏の思慮を欠くとも思われるあの大胆な贈歌を、姫君が素直に受け入れてくれた信頼感、全てが回顧され、光源氏は手許から離し難かったのである。姫君自身も光源氏の遠慮のないこの歌の響きに反駁すら加えず、それどころか容認しつつ、光源氏の記憶を含め、共に流れた歳月、光源氏のほぼ一方的な幼な恋の「忘れ得ぬ人」としての一筋の思いを深く理解していたのであろう。巻名の由来とされるところである。

二条院の自邸に戻った光源氏は、尚も朝顔の姫君に懐かしい思いを募らせたまま、そのことを西の対に住む紫の上に知られまいと、自身は東の対にこもり、朝顔の姫君付きの女房宣旨を呼び相談をもちかける。前斎院朝顔の姫君は、光源氏の心情を理解はするものの、以前と変わらず、まして今では尚更のこと、地位やその年齢からも打ち解けようとはしない。ちょっとした草木につけた返書の趣も世間の取り沙汰が憚られると、堅固の姿勢を崩さないのである。

……宮はその上《かみ》だにこよなく思し離れたりしを、今はまして、誰も思ひなかるべき御齢、おぼえにて、はかなき木草につけたる御返りなどのをり過ぐさぬも、軽々しくやとりなさるらむなど……古りがたく同じさまなる御心ばへを、世の人に変り、めづらしくもねたくも思ひきこえたまふ。

（朝顔四六七〜四六八頁）

光源氏は宮（朝顔の姫君）のその依然として変わらぬもとの通りの心構えを、そして他の人とは異なる人となりを、立派だともまたいまいましいとも思うのである。朝顔の姫君の変わらぬ気立てと光源氏の一方的な思いが強調されている場面である。

一方紫の上は、これまでのように神域という隔てのなくなった、朝顔の姫君の住む桃園邸に、足繁く通う光源氏の姿に動揺を覚え始めた。

同じように皇族の血筋とはいえ、正妻ではない紫の上の立場である。長く斎院の地位にあり、世評も高い朝顔の姫君とは比べようもない。その姫君に懸想する光源氏の噂は紫の上の心を揺るがすばかりである。

世の中に漏りきこえて、世人「前斎院を、ねむごろに聞こえたまへばなむ、女五の宮などもよろしく思したなり。似げなからぬ御あはひならむ」など言ひけるを、対の上は伝へ聞きたまひて……

（朝顔四六八頁）

対の上（紫の上）は、世人の言う「光源氏が前斎院朝顔の姫君に熱心に言い寄っておられるので、叔母女五の宮なども、二人のあわいは身分的にも似つかわしい」との噂に加えて、光源氏の虚ろな面持ちに、自分との隔てを感じて愁うのである。

季節は十一月を迎えた。この年の三月には藤壺中宮の崩御があり、諒闇のために、常の年のような宮中の神事も少ない。

雪もちらつく夕暮れ時、「さうざうし（寂寂し）」と、光源氏は藤壺の宮喪失が心寂しく、世間の噂や光源氏の虚ろな面持ちに苦悩する紫の上の後目《しりめ》を余所に改めてまた桃園邸を訪れようとしている。

夕つかた、神事などもとまりてさうざうしきに、つれづれと思しあまりて、五の宮に例の近づき参りたまふ。雪うち散りて、艶なる黄昏時に……　（朝顔四六九頁）

外出時の紫の上への挨拶は変わらず叔母女五の宮訪問の意である。その理由は女五の宮の実兄である故式部卿宮（朝顔の姫君の父宮）が、女五の宮の庇護を光源氏に依頼していたということなのである。それは朝顔の姫君の住む桃園邸訪問の口実にまたとない。

「……桃園の宮の心細きさまにてものしたまふも、式部卿宮に年ごろは譲りきこえつるを、今は頼むなど思しのたまふも、ことわりにいとほしければ」など、　（朝顔四七一頁）

いずれにしてもこのように、叔母女五の宮の扱いは桐壺朝への回帰に繋がるものである。
次に女五の宮の住む故式部卿宮桃園邸を訪問した光源氏の心内と、宮邸の荒廃した情景が描かれる。

宮には、北面《きたおもて》の人繁き方なる御門《みかど》は、入りたまはむも軽々《かろがろ》しければ、西なるがことごとしきを、……御門守《みかどもり》寒げなるけはひうすすき出で来て、とみにもえ開《あ》けやらず。これより外の男はたなきなるべし、ごほごほと引きて、「錠《じやう》のいといたく銹《さ》びにければ、開《あ》かず」と愁《うれ》ふるを、あはれと聞こしめす。「昨日今日《きのふけふ》と思すほどに、三年《みとせ》のあなたにもなりにける世かな。かかるを見つつ、かりそめの宿《やどり》をえ思ひ棄てず、木草の色にも心を移すよ」と、思し知らるる。　（朝顔四七一〜四七二頁）

「源氏物語図屏風」伝　土佐光吉筆　桃山時代　東京・出光美術館蔵（20朝顔①　京都文化博物館　2008年）

雪の降る日、故式部卿宮桃園（朝顔の姫君）邸を訪ねた光源氏。寒そうな御門守には錆びついた錠はなかなか開かない（画面手前）

宮邸を訪問した光源氏は、北側の通用門では軽々しいので、女五の宮に来訪の旨を伝え、西側に構えた正門が開くのを待っている。ところが錆びついた門は容易に開かない。あたりの草木にも心がひかれながら、「かかるを見つつ」と車の中で門の開くのを待つ間の光源氏の胸中には無常観が漂っている。別項の「夕顔」巻で光源氏が乳母の家を訪ね、同じように車中で待たされた時の青年光源氏の好奇心とは状況を異にして、一連の物語としての幾星霜を思わせる。

当該巻での光源氏の心内語、「昨日今日と思すほどに三年のあなたにもなりにける世かな」と、歳月の経過とその空間をしみじみと想起させる場面である。

但し、ここで本文の校異に触れなくてはならない。それは当本文の「三年」（大島本）を、「新編日本古典文学全集」・その他数種の本文に拠る「三十年《みそとせ》のあなたにもなりにける世かな」の「三十年」(44)という表現との違いである。ここではその三十年を採って考察を進めたい。

後の「夕霧」巻にも、夕霧と落葉の宮との一件に際し、源氏・夕霧父子の対面の場面に、全く同様の表し方が見られる。これらの書き振りが、年月の経過の早さをいう「当時の諺か」(45)ともあるが、その背景にも父光源氏が夕霧を戒める語意の中に、幼な恋であった夕霧と雲居の雁との長い歳月の意味も含まれまいか。

朝顔の姫君の父式部卿宮の薨去はこの年の夏頃であった。式部卿宮亡き後の宮邸の荒廃と見ることに違いはないが、「三年」では、この夏からの時間が合わないのは確かである。

一方、日数は浅いが、宮邸の荒れた有様は、立ち枯れた夏草を思わせ、加えて半年近く施錠の開閉の無きを思えば、この雪のちらつく夕暮れの光景に相応しい。春の若葉の蓬が、夏草となり、晩秋に垣根に結ぼおれてしまった。初冬の雪の日に、それを光源氏は目の当りにしているのである。季節の推移の感じ取れる場面である。

後続の源氏の口ずさみに、「いつのまによもぎがもととむすぼほれ……」とある。三十年の長い年月の経過に併せて、門の前に佇み、木草の風情にも心を奪われた光源氏は、故桃園式部卿宮邸の荒廃を、多年草の蓬の枯れた姿に目をやりながら同時に、三十年の遠い彼方の昔日に思いを馳せたにちがいない。

従って、「三十年《みそとせ》」という表現を採ることは、光源氏が桃園邸を時折訪れたであろう幼少期の記憶に残る時期から、現在に至るまでのおよそ三十年間に相当する歳月であろうことが考えられる。ここに自ずと、光源氏の幼き日を語る叔母女五の宮のことばの必然性も帯びてくる。

光源氏は今、三十三歳、従一位内大臣である。既述の「いときよらにねびまさりたまひにけるかな。童にものしたまへりしを見たてまつりそめし時、世にかかる光の出でおはしたることと驚かれはべりしを。時々見たてまつるごとに」と、およそ三十年前が蘇る叔母女五の宮の語りと合致する。

そこに三十年《みそとせ》が働き、どの女性よりも早く、いうなれば藤壺の宮よりも先に、朝顔の姫君の可憐で美しい姿が、朝方の垣間見により、一枚の映像として光源氏の瞼に刻み込まれてしまったのであると捉えたい。

その荒廃してしまった邸を目前にしての光源氏の独詠歌である。

源氏　いつのまによもぎがもとどむすぼほれ雪ふる里と荒れし垣根ぞ　（朝顔四七二頁）

蓬は、荒れ果てた邸を象徴する草であるが、「よもぎの若葉が、いつの間にかこの邸にこんなに生い茂り、垣根にむすぼおれるようになってしまった。そんなところに雪が降り、この古里の垣根もすっかり荒れてしまった」と、「降る」と「古里」を掛ける光源氏の詠歌は、季節の移ろいとともに古里として、昔から馴染んでいた桃園邸が強調されているように思えるのである。

光源氏はしばらく待たされたが、やっと鍵が開いた門より邸内に入り、例によって先ず叔母女五の宮を見舞う。お目当ては、西側に住む朝顔の姫君に逢う機会が早く訪れて欲しい、と思う光源氏の気持ちを読者としても想像するに難くはない。ところが、叔母五の宮の際限なく続く昔話の後に現れた老い人が先述の源典侍であった。女五の宮の弟子入りをして尼になっていたという本文はここに至って記されるが、光源氏はかつて滑稽にも戯れたことのある源典侍の出現には驚くばかりであった。物語の設定は再び桐壺朝への回帰である。

源典侍《げんのないしのすけ》といひし人は、尼になりて、この宮の御弟子にてなむ行ふと聞きしかど……「この盛りにいどみたまひし女御更衣、あるはひたすら亡くなりたまひ、あるはかひなくて、はかなき世にさすらへたまふもあべかめり。入道の宮などの御齢よ。あさましとのみ思さるる世に……なほすべて定めなき世なり」

（朝顔四七三～四七四頁）

光源氏はこの老婆の生き長らえている姿に相反して、故人となったり、或いは生きがいをなくして寄る辺なくしている人の身を思った。そしてなによりも若くして世を去った藤壺の宮（入道の宮）を思い、またしてもその無常さを感じずにはいられないのであった。藤壺の宮追懐の場面である。

光源氏は桃園邸で予期せぬ尼姿の源典侍に出会った。その後、夜更けて朝顔の姫君に再三その心情を訴えるのである。

西面《にしおもて》には御格子《みかうし》まゐりたれど、厭《いと》ひきこえ顔ならぬもいかがとて、一間《ひとま》二間《ふたま》はおろさず。月さし出でて、薄らかに積れる雪の光あひて、なかなかいとおもしろき夜のさまなり。

（朝顔四七五頁）

朝顔の姫君の住む寝殿の西の正面の間《ま》は御格子を下ろされたが、光源氏のお越しをお厭い申しているように見えるのもどうかということで、一間、二間（一間は柱と柱の間）は格子を下ろさない。女房の計らいであろうか。月がさし出てきてうっすらと積もった雪に映え、なかなか趣深い夜の光景である。

贈答歌五首目（当該巻三首目）である。

源氏「つれなさを昔にこりぬ心こそ人のつらきに添へてつらけれ

心づからの」とのたまひすさぶるを、……

朝顔「あらためて何かは見えむ人のうへにかかりと聞きし心がはりを

昔に変ることはならはず」など聞こえたまへり。

（朝顔四七六頁）

光源氏の歌意は「あなたのこれまでの扱いにも懲りず慕う私の心は、あなたの薄情さが一層耐えがたくつらく思われます」そして、自分の心が原因であることを認識しながらも、どうしようもないのですと、自身の心の向くままに文意を添えて贈るのである。

対して姫君の返歌は「今更どうしてこれまでと違った心を見せられましょう、人はよく心変わりをすると聞きますが、私にはとても。昔と違うことは慣れておりませんので」などと切り返し、前斎院の立場を保ってのことか、父宮在世中の若き日の時と同じように、光源氏の強い懸想にも動じることはない。

しかし一方では、

げに人のほどの、をかしきにも、あはれにも思し知らぬにはあらねど、「もの思ひ知るさまに見えたてまつるとて、おしなべての世の人の、めできこゆらむ列にや思ひなされむ。かつは軽々しき心のほども見知りたまひぬべく、恥づかしげなめる御ありさまを」と思せば、（朝顔四七七頁）

朝顔の姫君は光源氏の魅力的な人格も、しみじみとした心情も充分承知はしている（「葵」巻では父宮とともに新斎院御禊の日に、供奉する光源氏の姿を目の当りにして感動する場面もあった）。そうであるけれども、つまり、「光源氏さまの愛情が十分わかっていますという様子をお目にかけたところで、世間一般の女性が（女房たちも含めて）お褒め申し上げるのと同じようになりましょう。それに、そうしたことによるこちらの軽はずみな心の底もお見抜きになるにちがいなく、こちらが気後れするほどご立派なお方（お姿）なのですから」と、光源氏を讃えながら、若き日に父宮の意に反しても堅固な姿勢は譲らなかった姫君ではあるが、決して情味が乏しいわけではない。

続いての朝顔の姫君の心中思惟である。

「なつかしからむ情もいとあいなし。よその御返りなどはうち絶えで、おぼつかなかるまじきほどに聞こえたまひ、人づての御いらへはしたなからで過ぐしてむ。年ごろ沈みつる罪うしなふばかり御行ひを」とは思し立てど、（朝顔四七七頁）

光源氏の親愛の情を認めた姫君は、そうであればこそ、「懸想文以外の返書は絶やさないようにし、ご無沙汰にならない程度にお便りを差し上げて、侍女を介してのお返事も心苦しくなくお相手をして過ごしていこう。それに、長年神に仕えていた斎院であったため、仏道から離れていた罪が消え失せるほどに今後は勤行を」と、姫君はひとりますます仏道修行に専念されるのである。背景には、光源氏を勧める女房たちとの意識の違いに独自の苦しみを感じながら、他の女性とはおもむきを異にした朝顔の姫君の真情が語られるのである。

（四）　紫の上の動揺

藤壺の宮との「紫のゆゑ（縁《ゆかり》）」

そうした折、光源氏は朝顔の姫君への実事のない接近に、紫の上が最も動揺し、危惧を抱いていることを懸念して、

「宮亡《う》せたまひて後、上のいとさうざうしげにのみ世を思したるも、心苦しう見たてまつり、……このほどの絶え間などを、見ならはぬことに思すらむも、ことわりにあはれなれど、今はさりとも心のどかに思せ。……人の心も見知らぬさまにものしたまふこそらうたけれ」など、まろがれたる御額髪《ひたひがみ》をひきつくろひたまへど、いよいよ背《そむ》きてものも聞こえたまはず。……常なき世にかくまで心おかるるもあぢきなのわざや、とかつはうちながめたまふ。（朝顔四七九頁）

光源氏は「藤壺の宮亡き後、冷泉の帝が大変『さうざうし』（あるべきものがなくて何となく物足りなく寂しい・索々し・寂々し）と、お寂しそうにしていらっしゃるのをお気の毒に拝見し、その内裏住みによる夜離《よが》れであったが、あなたが怒っているのも無理もないが、もういくら何

でも安心していらっしゃい」と、紫の上と過ごす年月の経過が語られている。

北山で光源氏に見い出された紫の上（若草）は当時十歳ばかりであった。光源氏は賢くて利発そうなこの少女を藤壺の宮の姪と知り、自邸二条院の西の対に引き取ってから十五年程の歳月が流れている。「それであるのに、まだ私の心が呑み込めないで、すねているところが可愛いのです。」と、光源氏は紫の上のますます背く心中を余所に、涙に濡れて固まった額髪を直すのである。藤壺の宮の面影によるか、紫の上の幼い頃から、父親のように彼女の髪に触れてきた光源氏は、大人になった今も紫の上の美しい豊かな髪を讃えるように愛おしんでいる。特にこうした場面の二人のあわいは傍目にも麗しく、光源氏にとっての覚えも紫の上は最愛の女性なのである。しかし紫の上の懐疑的な眼差しと世の無常とが相俟って、物語は、やはり朝顔の姫君の存在が気になる展開を示すのである。

光源氏は紫の上の心情を汲み取ってか、朝顔の斎院との有りかたを伝えている。


「斎院にはかなしごと聞こゆるや、もし思しひがむる方ある。それはいともて離れたる事ぞよ。おのづから見たまひてむ。昔よりこよなうけ遠き御心ばへなるを、さうざうしきをりをり、ただならで聞こえなやますに、かしこもつれづれにものしたまふところなれば、たまさかの答《いら》へなどしたまへど、まめまめしきさまにもあらぬを、かくなむあるとしも愁《うれ》へきこゆべきことにやは。うしろめたうはあらじと思ひなほしたまへ」など日一日《ひひとひ》慰めきこえたまふ。

（朝顔四七九～四八〇頁）

光源氏は紫の上に、「前斎院朝顔の姫君に、とりとめもないことを申し上げるのをもしや思い違いなさっておられるのではありませんか。それは全く見当違いなことですよ。そのうち自然にお解りになるでしょう。あのお方（斎院）は昔からとくに親しみにくいご気性ですが、なんとなく心寂しい（さうざうしき）折々に、平静でいられなくてお便りを差し上げてお困らせすると、あちらも所在なくていらっしゃるところなので時たまのお返事などはくださいますけれど、真面目なやりとりではないのです。ですからあなたに前斎院とのことを、私が不満や苦しみに思い申し上げるべきことでしょうか。気がかりなことは何もないのだと思い直してください」と、一日中お慰め申し上げる。

このように光源氏は、前斎院朝顔の姫君は昔から親しみにくいご気性であると告げ、紫の上を安堵させ、光源氏自身が物足りなくさびしい思いの折にだけ、慰めを求め、困らせたのだと半ば申し開きをしている。朝顔の姫君との文の継続を窺い知ることの出来る場面である。

光源氏は今、身近で最愛の女性であり、紫の縁《ゆかり》（藤壺の姪）でもある紫の上を慰めながら、昔今の物語りに夜が更けて行くのである。

外はたっぷりと降り積もった雪に重みをかけられ、すっかり撓《たわ》んでしまった竹が、それでも、松の形との区別が分かる趣ある夕暮れである。実景が想像されて面白い。

雪のいたう降り積りたる上に、今も散りつつ、松と竹とのけぢめをかしう見ゆる夕暮に、人の御容貌《かたち》も光まさりて見ゆ。源氏「時時につけても、人の心をうつすめる花紅葉《もみぢ》の盛りよりも、冬の夜の澄める月に雪の光りあひたる空こそ、あやしう色なきものの、身にしみて、この世の外《ほか》のことまで思ひ流され、おもしろさもあはれさも残らぬをりなれ。すさまじき例に言ひおきけむ人の心浅さよ」とて御簾《みす》捲き上げさせたまふ。月は隈なくさし出でて、ひとつ色に見え渡されたるに……　（朝顔四八〇頁）

夕暮れの雪の白さの中に、いっそう輝きを増しているかのように見える光源氏の容貌である。

光源氏は「季節季節に応じて、人があれこれ心を寄せるような桜の花や紅葉の盛りよりも、冬の夜の澄んだ月に、雪の光が映えあっている空こそ、何の色もないが不思議に身にしみて、現

「源氏物語図屛風」伝　土佐光吉筆　桃山時代　東京・出光美術館蔵（20朝顔②　京都文化博物館　2008年）
庭で雪まろばしをする童女たち。画面右上には冬の月。雪のかかった松や竹も見える。

世以外のことまで思いが馳せられ、風趣も情趣もたっぷりと感じられる折です。興ざめなもの（すさまじきもの）の例に言い残しておいたとかいう人の考えの浅いことよ」とおっしゃって御簾を巻き上げさせなさる。外は冬の澄んだ月に色のない雪の光が映えあって、ひとつの色に見えわたせる、と、作者紫式部は、雪上がりの月に照らされる静謐な光景を余すところなく描き尽くしている。

同時に、作者は史実上（一条朝）の中宮定子に重ねて藤壺中宮に筆が及ぶのか、物語は暗に『枕草子』の「すさまじき例」を取り上げる。しかしそこには、雪の夜の景色は全く見当たらないものの、『白氏文集』の著名な「草堂記」[46]の句の部分に本文を置く『枕草子』[47]の中宮定子と清少納言のほのぼのとした会話が連想される。歴史的・文学史的背景に触れる思いがする。

光源氏は、この冬の夜の別世界のような不思議な情趣を醸し出している雪の輝きに、亡き藤壺中宮に思いを馳せたのか、自身の来世を思い描くのか、女童《めのわらわ》（童女）たちを庭におろして雪まろばし（雪ころがし・雪丸げとも）をおさせになる。その女童たちの、気をゆるして動きまわる姿・着くずれた衵《あこめ》（この場合は女童の表着）、小さな女童たちは喜び走りまわって扇を落とし、大柄な女童たちは衵の裾から長く余った髪の先が雪の白さに鮮やかである。だんだんと大きくなる雪玉に手こずっているのを見て笑う女童たちも描かれる雪の宵の光景であるが、なぜか寂莫とした感が伝わって来る。

光源氏はその常とは異なった雪の光景を見遣りながら、藤壺の宮の追憶に浸り、再び紫の上を前にしてしみじみと回顧談を続けるのである。

「ひと年《とせ》、中宮の御前《おまへ》に雪の山作られたりし、世に古りたる事なれど、なほめづらしくもはかなきことをしなしたまへりしかな。何のをりをりにつけても、口惜しう飽かずもあるかな……世にまたさばかりのたぐひありなむや。やはらかにおびれたるものから、深うよしづきたるところの、並びなくものしたまひしを、君こそは、さいへど紫のゆゑこよなか

らずものしたまふめれど……」（朝顔四八一〜四八二頁）

光源氏は「先年のこと藤壺中宮の御前で雪の山をお作りになったのは世間では目新しくはなくなったことですが」と、ここにも『枕草子』(48)「職の御曹司におはしますころ、西の廂に」の「師走十よ日のほどに、雪いと高う降りたるを、女房どもなどして、……『同じくは庭にまことの山を作らせはべらむ』とて」と、語る辺りに再び史実における中宮定子が想起される。

続いて光源氏は「それでもやはり雪山作りというのはめずらしくちょっとした趣きのあることをなさったものでしたよ。何かの折につけても藤壺中宮さまがお亡くなりになられたのは残念で淋しいことですね。」と、可憐な女童たちに、二条院で「雪まろばし」をさせた。その女童たちの姿に、光源氏は先年の雪山つくりを思い出し、藤壺の宮を一層追懐するのである。

そして、「世にまたさばかりのたぐひありなむや」と、それは「世間にあれほどの方がほかにあるでしょうか」と、優しくておっとりとしていて、その品格やたしなみが深く身についているところは、他に比類のないほどであったと、藤壺の宮を称賛するのである。更に、「紫のゆゑ」と言われる藤壺の宮と紫の上の、叔母・姪の血縁関係を強調し、話題を紫の上本人へ移すのである。

物語の構図はこのように「紫のゆゑ（縁《ゆかり》）」としての紫の上その人を前に据えながら、藤壺の宮を偲び、再び前斎院朝顔の姫君の「御心ばへ」が描かれて行くのである。

先に「葵」巻で、光源氏と朝顔の姫君のそれぞれの心情を察した「御心ばへ」の二例をみた（因みに物語全体を俯瞰すればその複合語も含めて「御心ばへ・心ばへ」は二百余例に及ぶ）が、当該巻にも場面に応じた心情や消息文、植物の趣をも含めて八例を数える。

（五）光源氏の語る前斎院の御心《みこころ》ばへ

藤壺中宮に寄せる独詠歌

月下の雪景色を眺めながら、光源氏と紫の上は、昔今の女性たち、尚侍《ないしのかみ》朧月夜の印象・明石の君の身の程・花散里の人柄などへも思いを馳せ、雪山の回想から始まった話題は、「朝顔」巻末に近づき、藤壺中宮追懐と前斎院朝顔の姫君の真の「御心ばへ」に絞られて行くのである。

「……前斎院《ぜんさいゐん》の御心ばへは、またさまことにぞみゆる。さうざうしきに、何とはなくとも聞こえあはせ、我も心づかひせらるべきあたり、ただこの一《ひと》ところや、世に残りたまへらむ」とのたまふ。

（朝顔四八二～四八三頁）

「前斎院の御心ばへ」とは、朝顔の姫君その人から自然にただよう天性であり、光源氏は「そのご気立ては（才知に長けた藤壺中宮さまの魅力とは）また異なった意味ですぐれた賢いお方のように思われます。そして『さうざうしきに』、何とはなしに心寂しい折には、別段なことはなくてもお便りを交わしたりすることができる人なのであります」と、前斎院朝顔の姫君の御心ばへが語られる。重ねて、「我も心づかひせらるべきあたり」と、源氏自身も気をつかわずにはいられないような方として、朝顔の姫君の賢く、いつも聖域にあるかのような、隙のない雰囲気が、光源氏にはむしろ好ましく思われたのである。

その上、「ただこの一《ひと》ところや、世に残りたまへらむ」と、藤壺の宮喪失後に、朝顔の姫君を「ただこの一《ひと》ところや」と強調したのは、藤壺の宮に次ぐほど尊貴な、精神的に頼みとすることの適う人として、藤壺の宮に抱くような信頼感と、朝顔の姫君その人の資性の御心ばへ（心延へ）を、光源氏自身は深く理解し、懐きたくなるような親しみを覚えていたのである。

このように、思慮深く慕わしい「御心ばへ」の朝顔の姫君は、光源氏にとって、ある種の緊張感と慰みを与えてくれる「ただ一人の女性」だったのである。

つまり、朝顔の姫君は、その昔、桃園邸で垣間見て思い初めた（染めた）、郷愁にも重なるような、「忘れ得ぬ初恋」の人としての特別な存在だったのではなかろうか。

静かに夜が更けゆくなか、「朝顔の姫君の御心ばへ」・「女性たちの評」の語らいの後、賢く聡明な紫の上は、その時の自身の心境を、「こほりとぢ石間の水はゆきなやみ……」と、澄んだ空の月の光を雪の夜の冷たい情景に合わせて詠い上げた。その姿を光源氏は「髪《かむ》ざし、面様《おもやう》の、恋ひきこゆる人の面影《おもかげ》にふとおぼえて、めでたければ、」と、紫の上の面差しを藤壺の宮の面影に重ねながら、折から仲良く連れ添う鴛鴦《おし》の鳴き声を耳にしつつ「かきつめてむかし恋しき雪もよに……」と返歌をするのであった。藤壺の宮と紫の上の美しさが二重になって写し出される場面であるが、光源氏の哀感とは別に何か紫の上に孤独感が漂っている。

当該「朝顔」巻末は、光源氏の夢の中より発した藤壺中宮の幻の姿と鎮魂のうちに閉じられる。

入りたまひても、宮の御ことを思ひつつ大殿籠《おほとのごも》れるに、夢ともなくほのかに見たてまつるを、いみじく恨みたまへる御気色にて、……御答へ聞こゆと思すに、おそはるる心地して、女君の「こは。などかくは」とのたまふに、おどろきて、

（朝顔四八五頁）

物語の背後を流れる、父帝の御后藤壺の宮との重大な密事は、光源氏の脳裏を休ませることがない。御寝所にお入りになっても、藤壺の宮のことを思いながらお休みになっていると、夢枕に宮がひどく恨んでいるお姿を拝見する。光源氏はその夢に慄き、紫の上の呼びかけによって現実に立ち返り、宮を偲びはかない夢をいとおしむのである。

なす術もない紫の上の傍らで、光源氏は自身の心内を独詠歌に託した。

源氏　とけて寝ぬねざめさびしき冬の夜に結ぼほれつる夢のみじかさ（朝顔四八五頁）

源氏　なき人をしたふ心にまかせてもかげ見ぬみつの瀬にやまどはむ（朝顔四八六頁）

おなじ蓮《はちす》にとこそは、

藤壺の宮の幻の再現に、過去と現在とが往き交い、永遠に宮を慕う光源氏は、「おなじ蓮《はちす》にとこそは」と、一蓮托生などどんなに念じ奉っても適うはずもない未来までをも嘆くのである。では「朝顔」巻末に及んで、追憶にしか留まることのできない藤壺中宮を偲び、これほどまでに濃厚に詠い出された光源氏の独詠歌は何を意味していたのか。それは、緊張感の中に生き続け、今も苦しみの中にあるという藤壺の宮への罪の償いの意を籠めた鎮魂歌であると同時に、次巻「少女」後半以降、六条院空間に身を置くことになる光源氏の半生を描き切るものであったといえようか。

この藤壺中宮に寄せる光源氏の独詠歌周辺こそが、桐壺朝回帰への作者の意図であり、当該巻において光源氏と朝顔の姫君の位置関係を引き出すための物語的展開ではないのだろうか。つまり光源氏の半生は、朝顔の姫君登場の前半部を共に描くことにあったのである。桐壺朝といえば、まだ光源氏と朝顔の姫君の幼少期がそこにはある。女五の宮の語りも懐かしい。

遡って、朝顔の姫君登場の初発は、見過ごしてしまいそうな軽い印象であった。なぜならその時の光源氏の心内は、藤壺の宮への思慕の情に、全神経が占められていたという状況にあったからである。以降、巻々に点描された朝顔の姫君と光源氏との関係とはいったいどのようなものであったのか。

朝顔の姫君を、松井健児氏は「朝顔の姫君とは、高揚した悲しみの場においても、節度ある礼をもって正確に対峙できる品格と知性を備えた女性として、光源氏の前に再現する。(49)」と解される。

確かに、このような姫君であればこそ、光源氏が殊更に寂しい時、その慰撫を願う時、追慕してやまない藤壺の宮の面影の一方で、懐かしく再現される女性なのである。そしてただ一人だけ、中田武司氏の説かれる「外輪」[50]、の女性たち（この場合は藤壺の宮を除き光源氏をかなめとする主な女性たち）とは殊にした朝顔の姫君の存在を、光源氏は「ただこの一《ひと》ところや、世に残りたまへらむ」と言い及んだのである。

次に、原岡文子氏は「朝顔の巻は、源氏が、自身の側から過去を振り返り、半生を見据える巻と言える。女五の宮も源典侍も、そして朝顔の姫君その人も、源氏側の視点から捉えられ、過去、時間の経過、無常といった問題を源氏に反芻させる機能を負って登場するかのようである。とは言え、なぜ朝顔の姫君が新たな登場人物として改めて選ばれたのか、という問題はここに残る[51]」とされ、続いて「桐壺帝にゆかりの過去の女性であること、紫の上をゆさぶる身分の高さを備えていること、この二つがその理由と言うべきか。[52]」と結ばれる。

そこで、巻々の点描だけでは判然としない光源氏と朝顔の姫君の位置関係を、全体にどのように響き合わせ結び付ければよいのか。

やはり桐壺朝に回帰する藤壺の宮との連関であろうか。時折の光源氏の心を支配していたのは、まさしく藤壺の宮への激しい思慕であり、恋情であり、追懐であった。朝顔の姫君描出は、その折々、藤壺の宮と連動させながら展開された部分も少なくない。特に当該巻末の描写は顕著である。

朝顔の姫君は、賀茂の斎院として神に仕えた経緯もあり、確かに藤壺の宮に次ぐほどの人品を備えた尊貴な身分の女性であった。光源氏は時に一方的であるにせよ、他の女性たちとは異なる朝顔の姫君に、久しく親しみを抱き続けていた。加えて、桃園の宮に住む叔母女五の宮により、光源氏の幼少期の克明な印象と共に、朝顔の姫君の父式部卿宮による光源氏と姫君に対する期待が、回想としても語られた。

これらの背景を鑑みるに、朝顔の姫君は、決して新たな登場人物として改めて選ばれたのではなく、むしろ、光源氏の半生を語るに相応しい人物として巻々に点描されていたのではなかろうか。

そのことが、桐壺朝への回帰において、延いては藤壺の宮との連関描写において、「朝顔奉りたまひし歌」の時期をも想像させるような、物語構想上の人物として、「朝顔」巻の描写に至ったのではなかろうかと思われるのである。

つまり、朝顔の姫君は、光源氏幼少期から、苦難を経て栄華を極め、六条院造営後までも、まさしく光源氏の心のどこかに生きつづける存在だったのである。そこに、桐壺朝回帰への自然的必然性が求められ、当該巻末で濃厚に藤壺の宮追懐が描出されたのであった。

藤壺の宮と光源氏、光源氏と紫の上の立場を語ることで、朝顔の姫君その人を、その背後に静かに浮かび上がらせる効果をもたらしたのである。

まさしく藤壺の宮喪失後、「ただこの一《ひと》ところや、世に残りたまへらむ」である。

同時にそれは、桐壺朝において、藤壺の宮に激しい恋情を抱く以前に、朝顔の姫君を思い初めた、遠く淡く、線条的な「忘れ得ぬ初恋」の特別な人への信頼感と懐かしさなのであった。

当該巻を越えて尚も続く姫君描出の巻々を辿ってみたい。

十　「少女」巻

前斎院朝顔の姫君、父式部卿宮の除服へ

「朝顔」巻を受けると同時に年が改まり、「少女」巻では、光源氏三十三歳・太政大臣・従一位である。藤壺の宮の一周忌も過ぎ、人々も喪服から除服へと変わり、夏への衣更えの頃でもあり華やいだ雰囲気になっている。

朝顔の姫君にしても父宮の喪明け近い筈であるのに、何か無常を感じている風である。

若女房たちは姫君が斎院であった頃を回想し、再び巡って来た御禊の日に庭前の桂の木の下を吹いてくる風にもその懐かしさを覚えている。そこに源氏からの消息があった。

年かはりて……前斎院はつれづれとながめたまふを、前なる桂の下風なつかしきにつけても……大殿より、「御禊の日はいかにのどやかに思さるらむ」と、とぶらひきこえさせたまへり。

源氏「今日は、

かけきやは川瀬の浪《なみ》もたちかへり君がみそぎのふぢのやつれを」

紫の紙、立文《たてぶみ》すくよかにて藤の花につけたまへり。をりのあはれなれば、御返りあり。

（少女一一頁）

カツラ（カツラ科
カツラ属　落葉高木）

光源氏は、「斎院を退いた今年の御禊の日は、どんなにか穏やかにお過ごしのことでしょう」と先ず見舞われた。そして歌意は「今日の禊の日は、かつては思いもかけませんでした。賀茂の川瀬の浪がたち返るように、御禊の日が巡ってきて、その上、あなたも藤衣《ふぢごろも》（喪服）を脱ぐ禊をなさろうとは」と、「藤の花」に因んだ紫色の紙に、正式な書状の形式である「立文」[53]（懸想文としての装いは避けて）にきちんと認め、藤の枝に付けて届けられたのである。しみじみと興がそそられる折、朝顔の前斎院からも返書があった。

前斎院朝顔の姫君の返歌である。

朝顔「ふぢごろも着しはきのふと思ふまにけふはみそぎの瀬にかはる世を

はかなく」とばかりあるを、例の御目とどめたまひて見おはす　（少女一一～一二頁）

フジ　マメ科　フジ属
『草木圖説　木部下　巻７図1』

たまさかの返信しかない朝顔の姫君の懐かしい筆跡である。姫君自身もしみじみと心を動かされる折なので、「父の喪に服したのはつい昨日のことのように思われますのに、今日はもう除服の禊のために川瀬に立つように、年月が移り変わるとは儚い世でございます」と、無常観を語るのみであった。光源氏は前「朝顔」巻で姫君の消息文を「置きがたく御覧ずめり」の時のように懐かしく心をとめたのである。全体に六首目の贈答歌である。

朝顔の姫君と同じ居所、桃園の宮寝殿の東側に住む叔母女五の宮にも、機会を逃さずお見舞いを差し上げる光源氏に、五の宮は手放しで喜び、再び光源氏幼少期に思いを馳せる。

女五の宮「この君の、昨日今日《きのふけふ》の児《ちご》と思ひしを、かく大人《おとな》びてとぶらひたまふこと。容貌《かたち》のいともきよらなるに添へて、心さへこそ人にはことに生《お》ひ出でたまへれ」（少女一二頁）

「源氏の君が、つい昨今まで子供と思っておりましたのに、こんなに立派に大人になられてお見舞いくださるとは。お顔だちや気立てまでも気品があって美しく（きよらなる）、人よりすぐれてご成人なさった」と賛嘆するのである。

「朝顔」巻に次いで、光源氏幼少期を彷彿とさせる叔母女五の宮の讃美の語りであり、この場面の「昨日今日の児《ちご》と思ひしを、かく大人びて」という表現からも先述の三年《みとせ》ではなく、三十年《みそとせ》の歳月の経過へと働きかけることを可能とする。

この後、女五の宮は朝顔の姫君に光源氏を迎え入れようと奨め、女房たちもそれを念じていたが、前斎院朝顔の姫君は父宮と過ごした時もそうであったように、決してこれまで貫き通した自己の信念を曲げようとはなさらない。

一方、光源氏も幼き日の淡い思いから、青少年期の憧憬と恋慕、そして老成した今日に思いの丈を述べ、姫君の御心を大切にされるのである。

……かの御みづからは、わが心を尽くし、あはれを見えきこえて、人の御気色のうちもゆるばむほどをこそ待ちわたりたまへ、さやうにあながちなるさまに、御心やぶりきこえんなどは思さざるべし。

（少女一四頁）

光源氏は心の限り誠意を尽くし、真情をお見せ申して、姫君のお気持ちのやわらぐのを待ち続けていた。姫君が恐れるような女房を手なずけたりなどして、無理に忍び込むようなことをして、前斎院朝顔の姫君の「御心やぶり」、つまり、姫君の御心を傷つけるようなことはしないであろうと、推測の「草子地」も交えられ、老成した光源氏の心象風景が語られる。

以降、物語の展開は壮年に達した光源氏の一大栄華を極める六条院が当巻末で築かれるまで、光源氏の御子《おほむこ》夕霧の元服と同時に厳しい教育方針が語られる。また伊勢の斎宮退下後の六条御息所の姫君（後見人となった光源氏と、藤壺の宮の政治的思惑のなか冷泉帝に入内された）も、先に入内していた内大臣（かつての頭中将）の姫君弘徽殿女御を越えて中宮（秋好中宮）となっている。光源氏の愛娘明石の姫君も、紫の上のもとで養育されすくすくと成長し、源氏自身は、先に「薄雲」巻で固辞した官職を受けて、太政大臣となり機運は高まるばかりである。

十一 「梅枝」巻

前斎院朝顔の姫君へ薫物調合の依頼

次に前斎院朝顔の姫君の再現をみるのは、三十二巻目「梅枝」の巻である。先の「少女」巻から、当巻までの間はちょうど十巻を有する。それらは、夕顔の遺児玉鬘の成長後の姿を追う「玉鬘」巻から「真木柱」巻までの、いわゆる「玉鬘十帖」といわれる巻々である。「少女」巻から「梅枝」巻までは、六年の歳月を経て光源氏は三十九歳となった。

このように、「玉鬘十帖」を挟んで、「梅枝」巻へ継ぐ物語の構想は、再び尊貴な朝顔の姫君登場にふさわしい本流に連接したのである。

巻頭から、この春には光源氏の愛娘明石の姫君の裳着の式や入内の準備のことが語られ、東宮（朱雀院の皇子）も同じ二月には御元服の儀があると記される。

その正月の晦日（月末）のころ、年頭の行事も一通り終わり閑暇な時に、光源氏は薫物合わせを思い立った。光源氏自身も調合を試み、紫の上ともその秘法を競ういっぽう、他に六条院に住む花散里・明石の君にも調合を求めた。

前斎院朝顔の姫君にもその薫物の調合を依頼するのである。光源氏は以前に「少女」巻で、朝顔の姫君の「御心やぶりきこえんなどは思さざるべし」と語り手に言わしめた。現在の光源氏にとって尊貴な朝顔の姫君の存在は、親密で風雅な旧知の友のような感覚であるのかもしれない。加えて姫君が前斎院という社会的地位の裏付けは、愛娘明石の姫君の入内にあたっても何か心強いものがあったであろう。薫物の調合を依頼した紫の上・花散里・明石の君とは異質の趣である。

春二月十日、庭先の紅梅が盛りのころ、小雨により梅の香りが一層ただよう中、光源氏は訪ねて来られた親しい弟宮・蛍兵部卿宮とその紅梅を賞玩していた。折しも、そこに前斎院朝顔の姫君から、花の僅かに咲き残った梅の枝に文が添えられ、沈の箱に入った香が届けられた。

> 二月の十日、雨すこし降りて、御前《おまへ》近き紅梅盛りに、色も香も似るものなきほどに、兵部卿宮渡りたまへり。……昔よりとりわきたる御仲なれば、隔てなく、そのことかのことと

聞こえあはせたまひて、花をめでつつおはするほどに、前斎院よりとて、散りすきたる梅の枝につけたる御文持て参れり。……源氏「いと馴れ馴れしきこと聞こえつけたりしを、まめやかに急ぎものしたまへるなめり」とて、御文はひき隠したまひつ。

（梅枝三九七〜三九八頁）

光源氏が朝顔の姫君に執心であったことを耳にしたことのある蛍兵部卿宮は、その「文付け枝」の消息に興味をそそられる風であるが、光源氏はその文をひき隠した。それは、光源氏が「馴れ馴れしきこと」と表現できるほどに、遠慮なく朝顔の姫君に薫物の依頼がかなう、特別な親しい感覚を大切にしておきたかった故であろう。姫君もかつて、光源氏と文通だけは絶やさないことにしようと誓ったことに、過去の経緯が暗に示されているような場面である。そして、朝顔の姫君の「まめやかに急ぎものしたまへる」という行動は、誰よりも早く光源氏の薫物調合の依頼に応えて準備され、明石の姫君の裳着を祝ってくれたのであった。律儀な朝顔の姫君の贈り物に光源氏は喜び、何か遠い昔から慕わしい人として、朝顔の姫君その人の「御心ばへ」を、光源氏は今もひとり懐に据えておきたい心境だったのであろう。

沈《ぢん》の箱に、瑠璃《るり》の坏《つき》二つ据えて大きにまろがしつつ入れたまへり。心葉《こころば》、紺瑠璃には五《ご》葉《えふ》の枝、白きには梅を彫《ゑ》りて、同じくひき結びたる糸のさまも、なよびかになまめかしうぞしたまへる。（梅枝三九八頁）

前斎院朝顔の姫君から届けられた薫物の様相である。沈の箱の中には瑠璃の香壺を二つ据え、その壺の中にそれぞれに薫物を大きな粒に丸めてお入れになっている。青色の瑠璃の壺には五葉の松の枝を、白い瑠璃の壺には梅を彫刻したものを選んで、心葉（飾り物を）を同じように引き結んである糸の様子ものやわらかく優雅に工夫されていた。

そこに添えられていた朝顔の姫君の詠歌である。

朝顔　花の香は散りにし枝にとまらねどうつらむ袖にあさくしまめや

ほのかなるを御覧じつけて、宮はことごとしう誦じたまふ。（梅枝三九八頁）

二月十日（現暦では三月半ばごろ）の、紅梅の満開のころに、「散りにし枝」とは、白梅であろうことはいうまでもない。朝顔の姫君は、「花の香（私の調合した薫物の香り）は、花が散ってしまった梅の枝（私と同様の身）にはつきませんけれど、これをたきしめて香りをお移しになる明石の姫君のお袖にはきっと深くしみることでございましょう」と、光源氏の愛娘明石の姫君の若さを讃える朝顔の姫君の人柄がしのばれる。

対する光源氏の返歌である。

御返りもその色の紙にて、御前《おまへ》の花を折らせてつけさせたまふ。……

源氏　花の枝にいとど心をしむるかな人のとがめん香をばつつめど

とやありつらむ。　（梅枝三九八～三九九頁）

朝顔の姫君の歌を受けた光源氏は「花の枝（朝顔の姫君の文の付けられた白梅の枝・つまり姫君自身に擬えた散りにし枝）などと、仰せになるあなたに私はますます惹かれます。人に咎められないように心はじっと隠しておりますが」と交わすのである。そして、幼き日より今に至る「忘れ得ぬ初恋」の人としての思いは健在なのだと、光源氏の返歌は庭先の、満開の紅梅の折り枝に託したのである。全体に七首目の贈答歌である。

「散りにし枝（白梅）」を受けて、「満開の紅梅」で応える。植物的開花期から観ても、白梅

ウメ　バラ科　サクラ属
「白梅」（「散りにし枝」の様子）

ウメ　バラ科　サクラ属
「紅梅」（「御前近き紅梅盛り」の様子）

から紅梅へと、季節の推移が準備されながら、朝顔の姫君と同時世を過ごしてきた光源氏の親しみが籠められた眼差しと、その気転が読み取れる。

薫香は湿気のあるところでよく薫るといわれ、程よく雨の降ったその日の夕べ、光源氏は蛍兵部卿宮を判者にして薫物合わせを行った。

さらにいづれともなき中に、斎院の御黒方《くろぼう》、さ言へども、心にくく静やかなる匂ひことなり。侍《じ》従《じゅう》は、大臣《おとど》の御《おほむ》は、すぐれてなまめかしうなつかしき香《か》なりと定めたまふ。対の上の御《おほむ》は、三種《みくさ》ある中に、梅花《ばいくわ》はなやかに今めかしう、すこしはやき心しらひをそへて、めづらしき薫り加はれり。

（梅枝四〇〇～四〇一頁）

「全くどれが優れているとも、薫物合わせの優劣がつけられない中で、前斎院朝顔の姫君の調合なされた『黒方』という種類の薫物は、（源氏のところに贈られた先の歌のように）謙遜されてはいるけれど、やはり奥ゆかしくしっとりと落ち着いた感じの匂いは格別であります。『侍従』という薫物は、源氏の大臣のものがそれですが、とても優美で心ひかれる香りであると、蛍宮（蛍兵部卿宮）はご判定なさいます。紫の上の調合された薫物は『梅花』というもので、『黒方・侍従・梅花』と三種類のなかで華やかで現代風で新鮮な珍しい薫りが加わっておりました」と愛でられる。次に続く花散里、明石の君の調合した薫物もそれぞれにとりえがあると蛍宮の評価であった。しかしやはり六条院の薫物合わせに、桃園式部卿宮家、前斎院朝顔の姫君からもたらされた薫物は、光源氏にとって別格ともいえる世界であった。朝顔の姫君とはこのようにお互いの意図を酌みとることのできる間柄として一層の信頼と親しみが込められるのである。

東宮の元服も行われ、明石の姫君の裳着の儀式もすみ、入内の準備が着々と進められて行く。そうした中、光源氏は姫君お輿入れの調度を、各方面の名手たちを召し集めて入念に整える。やがてお手本にもなりそうな名筆も蒐集し、草子（冊子）箱に入れられる。その際に、光源氏は当代の女性たちの筆跡について評価をすることになる。女性たちの名筆の中に朝顔の姫君の名も連ねられていた。

源氏「よろづの事、昔には劣りざまに、浅くなりゆく世の末なれど、仮名《かむな》のみなん今の世はいと際《きは》なくなりたる。古き跡《あと》は、定まれるようにはあれど、ひろき心ゆたかならず、一筋に通ひてなんありける。……女手を心に入れて習いひしさかりに、……中宮の母御息所の、心にも入れず走り書いたまへりし一行ばかり、わざとならぬをえて、際ことにおぼえしはや。……宮の御手は、こまかにをかしげなれど、かどや後れたらん」と、うちささめきて聞こえたまふ。

（梅枝四〇七～四〇八頁）

光源氏は「何事もすべて昔に比べると劣り気味で浅薄になって行く『末世』(54)であるけれど、仮名に関する書だけは、当世は実に際限もなく優れてきたものであると言い、光源氏自身が平仮名を熱心に習っていたころに蒐集した本の中に、秋好中宮の母六条御息所が、一行ばかりを無造作に走り書きした筆跡は格段に優れたものと思ったものでした。また秋好中宮の御筆跡は、こまやかに行き届いた趣があるけれど、才気が乏しいでしょうか」と、紫の上に小声でその評を語るのであった。

続く場面も光源氏が紫の上を相手に女性たちの仮名の筆跡の論評に懸命である。

源氏「故入道の宮の御手は、いとけしき深うなまめきたる筋はありしかど、弱きところありて、にほひぞ少なかりし。院の尚侍こそ今の世の上手におはすれど、あまりそぼれて癖ぞ添ひためる。さはありとも、かの君と、前斎院と、ここにとこそは書きたまはめ」

（梅枝四〇八頁）

光源氏は「亡き藤壺の宮の御筆跡は、大変深みがあり優雅なところはありましたが、かよわいところがあってはなやかさに欠けておりました。そして上皇朱雀院にお仕えする朧月夜尚侍は、当代の名手でいらっしゃるけれど、あまりにしゃれていて筆跡に癖もつけ加わっている。そうは言うけれど、かの朧月夜尚侍と、前斎院朝顔の姫君と、あなた（紫の上）は達筆な部類であろう」と評価され、朧月夜・前斎院朝顔の姫君・紫の上を書の名手として殊更にあげ、仮名の書は当代が最も優れているとし、光源氏に関る女性たちの筆跡を纏め上げたのである。同時に、それは平安時代にもっとも発達した仮名文字の様相を知る好場面でもある。贈答歌や懸想文に大きな役割を果たす仮名文字を、「女手を心に入れて習ひしさかりに」と語る光源氏に、男性も確かに女手（平仮名）を習った、その発達の歴史が見えておもしろい。光源氏は更に筆跡ばかりではなく、料紙にも心を砕いて選択、工夫している様子が次の場面にも窺われる。

薫物を合わせた時と同じように光源氏もまた、寝殿に籠って神経を集中して、自らも草子を仕立て上げた。唐の紙には草仮名・高麗の紙には平仮名を、国産の「紙屋院」[55]の色合いのはなやかな色紙には、乱れ書きの草仮名の歌を筆に任せて散らし書きされたのも見事である。そこに蛍兵部卿宮が光源氏に依頼されていた草子を持参し、これらの光源氏の魅力ある筆跡、蛍宮の洗練された古歌の選び方などお互いに讃えあうのであった。

このとき蛍宮は、あまりにも魅せられた光源氏の筆跡に、他に目を移すことさえなかったが、光源氏もあえて女性の筆跡のものに関してはまともにお見せにならなかった。

加えて本文は、娘を持たない蛍兵部卿宮から光源氏の愛娘明石の姫君入内に当り、嵯峨天皇御宸筆の『古万葉集』（菅原道真撰の『新撰万葉集』などに対して本来の万葉集をこのように呼んだ）、醍醐天皇の『古今和歌集』などが手本として贈呈されるということが記される。女性達の筆は個人的な関わりの他に、そうしたことへの憚りもあったのであろうか。

女の御は、まほにも取り出でたまはず。斎院のなどは、まして取う出たまはざりけり

（梅枝四一二頁）

女性陣の中では名筆の一人とされる前斎院朝顔の姫君の筆跡である。それを「斎院のなどは、まして……」と、一段と秘して独り占めする光源氏は、薫物合わせの時にも、「御文はひき隠したまひつ」とされたように、姫君との神聖な間柄ともいえる、他人の介在できない特別な心の働きなのであろうか。

父光源氏は愛娘明石の姫君入内の調度に、尊貴な朝顔の姫君を時折心におきながら、その準備に渾身の力を籠めたのである。

十二　「若菜上」巻

女三の宮の降嫁に伴う前斎院朝顔の姫君の風聞

「梅枝」巻を受け「藤裏葉」巻を挟み、次いで朝顔の姫君の登場は、第二部の始発、三十四巻目「若菜上」巻である。年が明けて光源氏は四十歳を迎えた。

前巻の「藤裏葉」巻では四月、周到に準備された明石の姫君の入内も果たした。内大臣家か

ら藤花の宴に招かれた夕霧も、長年の雲居雁との念願を遂げた。光源氏は、最愛の女性紫の上への絆《ほだし》（本来は馬の脚などをつなぐ紐の類をいうが、自由を束縛するものの意に転じ、中古・中世には、仏道のさまたげの意に用いることが多い）も、秋好中宮に託し、花散里も夕霧にと、後顧の憂いもなくなったかに思えるようになり、「今は本意《ほい》も遂げなん」と出家の志を立てる。しかし、世を挙げて光源氏の四十の賀の準備に励むなか冷泉帝は、帝の位を譲ることのできない実父光源氏を、史実にも例がない准太上天皇に進められた。

光源氏は、「桐壺」巻で、父帝の決断により「源朝臣」姓を賜った。このことは、相人による「帝王という無上の位にのぼる相がおありになる方であるが、そうなると世が乱れるかもしれない。かといって天下の政治を補佐する臣下の相とは違う」と、その予言に見事に合うものであった。更にこの年の十月下旬、紅葉の頃には光源氏の住む六条院に、朱雀院上皇も加わって、冷泉帝の行幸《ぎょうこう》がなされた。光源氏の栄華は極まるばかりであったが、その朱雀院御幸の後のことである。

「若菜上」巻冒頭、「朱雀院《すざくゐん》の帝《みかど》、ありし御幸《みゆき》の後《のち》、そのころほひより、例ならず悩みわたらせたまふ」と、物語の展開は、これまでも病がちであった朱雀院がその後出家を考えられたのである。このとき後見のない、しかも鍾愛の皇女女三の宮の処遇が大層憂慮されるのであった。そこで朱雀院は女三の宮の婿選びを始め、貴人たちが候補にあげられる。そうした中で、女三の宮の上﨟の乳母が、光源氏を後見にと進言するのである。その理由の一つとして、光源氏は女性との関わりを、とりわけ貴い素性のお方をとの願望が強いというのである。その背景に高貴な朝顔の姫君登場が仕組まれる。

「……かの院こそ、なかなか、なほいかなるにつけても、人をゆかしく思したる心は絶えずものせさせたまふなれ。その中にも、やむごとなき御願ひ深くて、前斎院などをも、今に忘れがたくこそ聞こえたまふなれ」と申す。

（若菜上二二一～二二二頁）

女三の宮の乳母たちは光源氏の好色性を指摘する一方で、「かの院（六条院・光源氏）は、貴い身分の女性への思いが強く、今も高貴な前斎院朝顔の姫君を忘れられずにお便りをされていま す」と、依然として光源氏の朝顔の姫君思慕が噂されているのである。

光源氏はついに、女三の宮の父朱雀院の依頼を受け、自身も心動くものがあり、女三の宮の降嫁を承引してしまった。紫の上の煩悶は深い。

六条院は、なま心苦しう、さまざま思し乱る。紫の上も、かかる御定めなど、かねてもほの聞きたまひけれど、「さしもあらじ。前斎院をもねむごろに聞こえたまふやうなりしかど、わざとしも思し遂げずなりにしを」など思して、
（若菜上四四頁）

光源氏は、（紫の上に話し出すことがためらわれ）何となく気が重く、あれこれと思い悩まれている。紫の上もこのようなお話（女三の宮六条院降嫁）があるなどと、ほのかに噂を耳になさっていたのであるが、「まさかそれが現実になることはあるまい。朝顔の前斎院に対しても、源氏が熱心に言い寄っていらっしゃるようだったが、殊更どこまでも思いを遂げようとはなさらなかったのだから」などと、紫の上がかつて、朝顔の姫君と光源氏の関係に一抹の不安を抱いた経緯が語られる。

朱雀院の苦悩に満ちた姿から語り出された「若菜上」巻は、女三の宮の降嫁後、日が経つにつれ、憂慮されていたとおりの女三の宮の幼稚さは、紫の上の聡明さ、優しさに比べようもない。紫の上に対する光源氏の愛は弥増すばかりであった。女三の宮の父朱雀院は山に籠る（出家）にあたり光源氏と紫の上に、女三の宮のことを依頼するが、かねてから女三の宮を意中に留めていた柏木は、六条院で蹴鞠の日に女三の宮の立ち姿を、はからずも目にしてしまうので

ある。このことが大きな波紋を呼び、光源氏四十の賀の後、物語は光源氏の懊悩の日々を描く新しい局面へと向かうのである。

十三　「若菜下」巻

前斎院朝顔の姫君と朧月夜尚侍の出家並記

前巻「若菜上」巻をそのまま受けたかのような「若菜下」巻は、物語三十五巻目となり、いよいよ朝顔の姫君登場は最終巻となるのである。

当巻で、冷泉帝は在位十八年にして譲位され、東宮（朱雀院皇子）が即位し今上帝となった。新東宮には明石の女御腹の第一皇子が立った。「若菜上」巻から「若菜下」巻までは七年の歳月が流れ、光源氏は四十七歳である。

その年、出家しても尚、鍾愛の姫君女三の宮に対面を願う兄朱雀院のために、光源氏は朱雀院の五十の賀を計画し、それに先立ち「女楽《をむながく》」（女性により演奏される音楽）を催した。その時の四人の女性たち演奏者の人となりを、光源氏はそれぞれの花に喩えた。

源氏から念入りに教えられ琴《きん》の琴《こと》を弾いた女三の宮を、二月の青柳に・物の音の持ち味から、合奏の合間にかわいらしく聞こえる箏《さう》の琴《こと》の奏者明石の女御は、美しく咲きこぼれた藤の花・

優しく心をそそられるような爪音の和琴《わごん》の弾奏をした紫の上は、花といはば桜に・際立って上手に神々しい響きを奏でた琵琶の明石の君は、五月待つ花橘に、と擬えられたのである。

この女楽の後、紫の上はまるで緊張の糸が切れたかのように病に臥し、同じ容態のまま二条院に移る。紫の上につきっきりの光源氏は、女三の宮の住む六条院には少しの間も渡ろうとしない。光源氏不在で人少なになった六条院では、ついに柏木がこれまで抱き締めていた女三の宮への想いを遂げてしまった。

女三の宮降嫁の後も、紫の上の細心の心配りによって、一先ず安定していたかに見えた六条院であったが、その六条院の秩序も、この重大事により音を立てて崩れてゆくかのようである。朱雀院の五十の賀宴もこうした事情から歳末まで延引を重ねることになるが、光源氏自身も女三の宮の不用意さに苦しみながら、これを機に、これまでの栄華や悲しみを回想する。そして一時は危篤状態から蘇生し、小康を得た紫の上に安らぎを与えようと、自己反省も交えて、その昔日を語るのである。

このようにして、二条院の紫の上のもとに居た光源氏のところに、朧月夜尚侍からの消息文が届けられた。それは尚侍の出家の知らせであったが、その「文付け枝」は、出家の身にふさわしく、仏前に供される樒《しきみ》という植物が選ばれていた。そして、そこに付けられていた青鈍

シキミ　モクレン科　シキミ属
『草木圖説　木部上　巻4図49』

色の紙に書かれた文の非常にしゃれた筆づかいは、昔と変りなく見事であると語られる。ここにも物語は、光源氏が以前（「梅枝」巻）に、朧月夜尚侍（院の尚侍）・前斎院朝顔の姫君・紫の上は、当今の筆の名手と評していたことが暗に示されていよう。

濃き青鈍の紙にて、樒《しきみ》にさしたまへる、例の事なれど、いたく過ぐしたる筆づかひ、なほ旧《ふ》りがたくをかしげなり。

（若菜下二五三頁）

この時、光源氏は病臥にある二条院の紫の上に、朧月夜尚侍の消息文を見せながら、何気なく同時に、前斎院朝顔の姫君の出家も伝えるのである。

二条院におはしますほどにて、女君にも、今はむげに絶えぬることにて、見せたてまつりたまふ。源氏「……なべての世のことにても、はかなくものを言ひかはし、時々によせてあはれをも知り、ゆゑをも過ぐさず、よそながらの睦びかはしつべき人は、斎院とこの君とこそは残りありつるを、かくみな背きはてて、斎院、はた、いみじう勤めて、紛れなく行《おこな》ひにしみたまひにたなり。なほ、ここらの人のありさまを聞き見る中に、深く思ふさまに、さすがになつかしきことの、かの人の御なずらひにだにもあらざりけるかな。」

（若菜下二五三～二五四頁）

光源氏は、「総じて世間一般の話題であっても、とりとめのない便りを交わしあい、四季折々に寄せて情趣をもわきまえ、その深い意味も見過ごさず、離れてはいても親しい交流のできる人としては、斎院朝顔の姫君と朧月夜の君とだけが残っていた。それなのに、「みな背きはてて」と、前斎院朝顔の姫君と朧月夜尚侍の二人の出家が、ここに同時に知らされたのである。朧月夜の出家は、消息文によってこのように知り得たが、朝顔の姫君の出家は何時の頃であったのか。その情報はこれまで光源氏だけが把握していて、今それとなく紫の上に伝えられたかのような物語の体裁である。そうでありながら、本文は更に、朝顔の姫君一人に絞って、出家の現況が語られる。

「斎院、はた、いみじう勤めて、紛れなく行ひにしみたまひにたなり」と、朝顔の斎院はひたすら勤行に励み、余念なく仏道に専念していると伝える。それは、朝顔の姫君が尊貴な身分故に、紫の上の立場が脅かされはしまいかという、かつての不安を払拭するかの如く、紫の上に対して前斎院朝顔の姫君の出家が殊更に強調されたのである。

その上で光源氏は、「深く思ふさまに、さすがになつかしきことの」と、多くの人を見聞きした中で、朝顔の姫君は、賢く思慮深く、心が惹かれ慕わしいと感じさせられる点では、「かの人の御なずらひにだにもあらざりけるかな」と、あの前斎院朝顔の姫君に匹敵する人もない、と再び、朝顔の姫君の人品が讃えられるのである。

続いての本文は、

　女子《をむなご》を生《お》ほしたてむことよ、いと難《かた》かるべきわざなりけり。宿世などいふらむものは目に見えぬわざにて、親の心にまかせ難し。……　（若菜下二五四頁）

と、反面に女三の宮の不用意さを含め、光源氏は「女子を育てるということは親の思い通りにはならない、見えない宿世ゆえ幼い時からの養育が重要なのだ」と女子教育の難しさを唱えるのである。

そのことは暗に、女三の宮の不注意さや、光源氏の須磨流謫の要因ともされた朧月夜の隙《すき》のありように比べ、堅固な姿勢を貫き通した朝顔の姫君の対照的なあり方を示すものでもあろう。ここに、こうした対極に描かれた朧月夜尚侍と、前斎院朝顔の姫君の出家を同時に明らかにされたのは、確かに一つの時代の終焉を印象づけるものでもあるように思われる。

朝顔の姫君の最終登場は、このように「若菜下」巻において、出家という方向性に導かれるものであった。その間、巻（帖）を隔てながら「式部卿宮の姫君・朝顔の姫君・姫君・朝顔の宮・斎院・院・宮・前斎院」などの呼称で、九巻に及ぶ巻々に点描されていた。

それらは、斎院として賀茂神に奉仕されたことはもとより、桐壺朝に回帰する藤壺の宮との連関描写・藤壺の宮ゆかりの紫の上との呼応・ここに見る朧月夜との出家の並記などであった。

「朝顔の姫君」に関しての最終巻において、このように斎院朝顔の姫君と朧月夜尚侍との並記は、光源氏の須磨・明石へ流謫の身となった背後を描く藤壺の宮が暗示されてはいまいか。朝顔の姫君初登場の場面も藤壺の宮との連関であり、「朝顔」巻末では藤壺中宮が濃厚に映し出されていた。

依って当巻に至り、一つの時代の終焉に伴い、朝顔の姫君は、「忘れ得ぬ初恋」の特別に大切な人として、光源氏の心奥に、ていねいに仕舞い込まれるように語り収められたのである。

更に、付け加えるならば、非常に稀少な例であると思われるが、尊貴な身分の朝顔の姫君が、傍流「帚木」巻に起筆されたことの意味である。

或いはそのことは、初めから他の女性たちとは一線を画した朝顔の姫君を想定して、さりげなく、淡く登場させ、出家という展開によって静かに書き結ぶための物語的手法であったのだろうか。

第三章　夕顔の女君と光源氏

ヒョウタン（ユウガオと同種）
『増訂　草木図説　草部IV』
巻二十　第四十五圖版

一　「夕顔」巻に寄せて

「帚木」巻中の常夏の女

五条の小家に仮住まいをして、ひとり安らぎを得ていた夕顔の女君の初登場は、朝顔の姫君と同様「帚木」巻より語り起こされる。

しかしその明白な違いは、朝顔の姫君が「雨夜の品定め」の翌日、方違え所で一見軽い筆致で紹介（前章）されたのに対して、夕顔の女君の描出は、「雨夜の品定め」の論議の場面そのものであった。それは頭中将の遭遇した「常夏の女」として語り出されるものであった。

藤壺の宮への慕情にひたむきな青年光源氏（以下、源氏と称する場合もある）には、頭中将を中心とするこの時の、左馬頭、藤式部丞が加わっての鼎談（源氏はいっしかひとり、聞き役にまわっていたため）、白熱した女性論評中の「中の品・下のきざみ」とは、未知なる世界の話として聞こえて来るのであった。

光源氏は自らが生じた心の背景（藤壺の宮への思慕）に苦悩する傍ら、殊に頭中将の談議を耳に残した。

「……親もなく、いと心細げにて、さらばこの人こそはと、事にふれて思へるさまも、らうたげなりき。かうのどけきにおだしくて、久しくまからざりしころ……さるうき事やあらむとも知らず、心に忘れずながら、消息などもせで久しくはべりしに、むげに思ひしをれて、心細かりければ、幼き者などもありしに、思ひわずらひて撫子の花を折りておこせたりし」とて、涙ぐみたり。

（帚木一五七〜一五八頁）

頭中将が忍んで逢い始めた女君であったが、親もなく全く心細い有様で暮らしていた。だんだん馴染んで行くうちに内気で従順な女を、頭中将も大変愛しいと感じ、女も中将を頼りにするようになっていた。ところが中将は、穏やかによそおう落ち着いた女君の性格に気をゆるし、強硬な正妻（右大臣の四の君）のもと、女君に間遠な日々が多かった。女はそんな心細い折、中将との間に幼い子（後の玉鬘）もいたので思い煩って、中将に撫子の花を添

ナデシコ　ナデシコ科　ナデシコ属
『増訂　草木図説　草部Ⅳ』
巻八　第十九圖版

えて歌を寄越したのである。

その時の二人の贈答歌である。

女　山がつの垣ほ荒るともをりをりにあはれはかけよ撫子《なでしこ》の露

中将　咲まじる色はいづれと分かねどもなほとこなつにしくものぞなき

大和撫子をばさしおきて、まづ塵《ちり》をだになど、親の心をとる。

女　うち払ふ袖も露けきとこなつに嵐吹きそふ秋も来にけり　（帚木一五八〜一五九頁）

詠歌の排列が、女・中将・女、となっているところは、頭中将が「雨夜の品定め」で評価した女の内気な性格には何か即さないものがあるとよく言われる。それは当時の通例としても、女性の方から先に歌を詠み、呼びかける数少ない例でもあるからであろう。しかし、頭中将の訪れの少ない女君は、この歌の意に見るように「山人の家の垣根が荒れていたとしても（私のもとへの訪れはなくても）折々には撫子に露を置くように、この愛しい子を可愛がってくださいませ」と、幼い子を抱えて心もとない心境にあったのであろう。

対する頭中将の返歌は、「入り混じって咲いている花の色は、どれが美しいと区別はつかないけれど、やはり常夏《とこなつ》（あなた）に及ぶものはありません」と、幼い子を撫子（大和撫子《やまとなでしこ》）と擬え、その子を撫で慈しむよりも先に、母を常夏（床なつ）と見立てて、床に塵も置かぬように、これからは足繁く訪れようと母のご機嫌を取り結ぶのである。

再び女君の詠である。「塵を払う袖も涙でいっぱいの常夏（私）に、嵐（四の君）までも吹き加わる秋がやって（飽きられて）来ました」と、正妻（右大臣四の君）の脅迫をも思わせる歌を巧みに返して、頭中将のもとから跡形もなく姿を消し去ったのである。

これが、「雨夜の品定め」の場面で、頭中将の回顧によって語られた後の夕顔母子（玉鬘）の印象であり、その背景が如実に表されている。

撫子は古歌でもよく、垣ほ（垣根）と共に表現され、植物の生態から観れば蔓性ではないが、茎も細く頼りなく、何か垣根のような支えが欲しい植物なのである。

ナデシコ
（大和撫子）

セキチク
（常夏）

『原色牧野日本植物図鑑』

〈「大和撫子」は、カワラナデシコ・ナデシコ、「常夏」は、カラナデシコ・セキチクとも呼ばれる。尚、文末の引用文献に、ナデシコ〈カワラナデシコ〉・セキチク〈カラナデシコ〉に関する解説を掲げる〉

このように「夕顔」巻以前にも、夕顔母子は同じナデシコ科の植物、常夏《とこなつ》・大和撫子《やまとなでしこ》に喩えられ、なよやかで愛くるしい印象と共に、常夏（夕顔）の女君の仮住まいが紹介される「夕顔」巻へと導かれるのである。

二　「夕顔」巻

「おのれひとり笑みの眉ひらけたる」

（一）　六条への途次、切懸《きりかけ》に咲く白い花

植物夕顔の白い花に目が止まる日も、「源朝臣」姓を賜ったとはいえ、桐壺帝の第二皇子である十七歳の青年光源氏は、六条の高貴な方へのお忍びの途上にあった。

「夕顔」巻の冒頭である。

六条わたりの御忍び歩きのころ、内裏《うち》よりまかでたまふ中宿《なかやどり》に、大弐《だいに》の乳母《めのと》のいたくわづらひて、尼になりにけるとぶらはむとて、五条なる家たづねておはしたり。御車入るべ

き門《かど》は鎖《さ》したりければ、人して惟光《これみつ》召させて、待たせたまひけるほど、むつかしげなる大《おほ》路《ぢ》のさまを見わたしたまへるに、

（夕顔二〇九頁）

光源氏は、六条辺りの高貴な女性（後にいう六条御息所か）に、お忍びでお通いのころであった。宮中からご退出になり、そのまま外出される途中の中宿りに、乳母（惟光の母）がひどく患って尼（当時は出家の功徳により延命がかなうと信じられていた）になっていたのを見舞おうとして、五条にある乳母の家に思いついたように立ち寄った。

ある夏の夕暮れの、六条へお忍びの道すがらである。光源氏の突然の訪問であったために、牛車を入れる門には鍵がかけてあった。光源氏は、母の看病のために来ていた乳母子の腹心惟光を呼び、門の開くのを待つ間、いかにもむさくるしげな五条大路の様子を見渡している。

その時の乳母の家の隣家の印象である。

この家のかたはらに、檜垣《ひがき》といふもの新しうして、上は半蔀《はじとみ》四五間《けん》ばかり上げわたして、簾《すだれ》などもいと白う涼しげなるに、をかしき額《ひたひ》つきの透影《すきかげ》あまた見えてのぞく。……いかなる者の集へるならむと、やう変りて思さる。

（夕顔二〇九頁）

乳母の家の傍らに、檜の薄い皮を網代のように斜めに編んで作った「檜垣」という垣根を新しくして、「簾」も大変白く涼しげにしてある。外に揚げるようにしてある「半蔀」（蔀は格子の裏に板を張ったもので、半蔀は蔀の上部半分だけ）を、四五間（柱と柱の間を一間という）残らず上げて、簾越しには額ぎわの美しい女たちが、光源氏の停めてある車の方を覗いている。

光源氏は、五条の粗末な造りの家ではあるが、何かこざっぱりとした趣であり、その中に見た異様な女性たちの、未知なる世界への関心を抱くのである。門の中の切懸《きりかけ》（切掛け・柱に横板をよろい戸のように少しずつ重ねて作った板塀）には何か白い花が、這いかかるようにして咲いているのにも興味の目が注がれる。乳母の隣家の小家は「条坊図」より察するに、寂れた五条の一戸主《へぬし》（条坊図による宅地割の最小単位であった）ほどであろうか。

切懸《きりかけ》だつ物に、いと青やかなる葛《かづら》の心地よげに這《は》ひかかれるに、白き花ぞ、おのれひとり笑《ゑ》みの眉《まゆ》ひらけたる。

（夕顔二一〇頁）

その家の切懸（板塀）に、何とも心地よさそうに、這いかかって咲いている白い花は、「おの

ユウガオ　ウリ科
『源氏物語の庭　草木の栞』城南宮
（解説文は引用文献に掲載）

れひとり笑みの眉ひらけたる」と、擬人化された表現が駆使されている。

それは、ひとり「愁眉を開く」（出典は宋の文人・劉兼《りゅうけん》の「春遊詩《しゅんゆうし》」『……強《し》いて緑柳《りょくりゅう》に随《したが》いて愁眉《しゅうび》を展《ひら》く。』）状態にあり、これまでの心配事がなくなって安心している時に、その白い花の一輪が確実に光源氏の目にとまったのが「夕顔」巻、物語展開の端緒を開くことになったのである。

光源氏はあの白い花は何であろうかという気持ちから「古歌」[56]を思い浮かべ、「遠方人《おちかたひと》にお尋ねしたい」と独りごとのように口ずさんだ。

源氏「をちかた人にもの申す」と、ひとりごちたまふを、御随身《みずいじん》ついゐて、随身「かの白く咲けるをなむ、夕顔と申しはべる。花の名は人めきて、かうあやしき垣根になん咲きはべりける」と、申す。

げにいと小家《こいへ》がちに、むつかしげなるわたりの、この面《も》かの面《も》あやしくうちよろぼひて、むねむねしからぬ軒のつまなどに這ひまつはれたるを、源氏「口惜《くちを》しの花の契りや、一房

「源氏物語絵扇面散屏風」夕顔　六曲一双　室町時代　広島・浄土寺蔵
撮影・村上宏治
随身が夕顔の一房（一茎）を所望している。（画面左下）

折りてまゐれ」と、のたまへば、この押し上げたる門に入りて折る。

（夕顔二一〇頁）

聞きつけた御随身は「あの白く咲いている花は、人なみに夕顔と申しますが、このようにみすぼらしい家の垣根に咲きます」と申し上げる。

確かに御随身のいう通りに小家ばかりで、むさくるしいこの界隈のあちらこちらに、粗末でいまにも倒れそうな頼りない家の軒先などに、這って絡みついている夕顔の花をご覧になって、光源氏は「残念な運命の花の名前よ、一房（一茎）折ってまいれ」と随身に仰せになった。

「源氏物語夕顔図」尾形月耕　明治期　奈良県立美術館蔵（『源氏物語の1000年』「源氏物語夕顔図」横浜美術館　2008年）

夕顔の白い花を扇の上にのせて差し出す女童。

五条の小家の辺りの風景、植物夕顔の名・這ひまつはれたると、蔓性植物の特性が随身によって具《つぶさ》に語られる。

光源氏は、その小家の板塀に這いかかって、まるで「愁眉を開い」ているかのように、心地よさそうに青々とした葉の中に咲く白い花、その夕顔の花に心が寄せられ、一房（一茎）を所望した。

その一房を請われた喜びに対する返礼の意味も含まれた夕顔の花である。

・さすがにされたる遣《や》り戸口に、黄なる生絹《すずし》の単《ひとへ》袴《ばかま》長く着なしたる童《わらは》のをかしげなる、出《い》で来てうち招く。白き扇《あふぎ》のいたうこがしたるを、童「これに置きてまゐらせよ、枝も情けなげなめる花を」とて、取らせたれば、門開けて惟光朝臣《これみつのあそむ》出で来たるして奉らす。　（夕顔二一一頁）

五条の陋屋とはいえ、檜垣を新しくして、白い簾の風情のある戸口に、生絹《すずし》（練っていない絹の織物で軽く薄く紗に似る夏の衣）の単袴《ひとへばかま》を長めに穿いた身なりの童女が「その花は枝（茎）も風情がないので、これに載せて差し上げなさいませ」と、白い扇を差し出すのである。扇の上の、持ちどころの定まらない蔓性植物夕顔の花の果たす役割が見えて面白い。

（二）「夕顔」巻名への由来

植物夕顔から人物夕顔へ

夕顔の花をのせて光源氏に奉ったその白い扇には、女の筆跡で趣深く歌が書かれてあった。

心あてにそれかとぞ見る白露の光そへたる夕顔の花　（夕顔二一四頁）

この歌意を「当て推量ながら相当に高貴なお方（光源氏さま）ではないでしょうか。その高貴な光源氏さまの御威光の白露が今添えられている夕顔の花は、この小家に仮住まいをしている私なのでございます。」と、読み解きたい。

この歌の解釈を、通説の矛盾にせまるとされた清水婦久子氏は、諸説を踏まえられた上で「花の名を答えた歌だった」とされ、「夕顔の歌の『光そへたる』は、源氏自らが輝いていることでも、頭中将の恩恵を受けることでもなく、源氏が夕顔に情けをかけていたことを表していたことは明らかだ。女は、源氏の姿を確信して『白露の光』にたとえ、源氏の恩恵を『光そへたる』と感謝しつつ、白き花『夕顔』の名を答えたのだ。」と示される。そしてその歌意を「おそらくその花だと思って見ております、白露の光（あなたさまのお姿）に照らされて輝く夕顔の花を」とされる。[57]更に、「夕顔は理想的な返歌を贈ってきた。まず、源氏の美しい姿を『白露の光』と讃え、花に情けをかけて下さったご威光を『光そへたる』と感謝する。そして、花の名を問うた源氏の引歌に倣って、女は花のそばにいる『遠方人』として、後に自身の比喩となる『夕顔』の花の名を『心あてに』答えた。[58]」と表された。ご高説の至りである。

「新全集」も、「夕顔の花は、女の隠喩」とされ、「夕顔の花（私ども）」と解している。しかしながら、諸々の「注釈」[59]が、この場合の夕顔の花を、光と合わせて源氏の顔と喩えているのはなぜであろうか。

もしそうであるならば、そこからは「おのれひとり笑みの眉ひらけたる」という本文の夕顔の花の擬人化された、ひととき「愁眉を開く」状態にある女君その人の姿を見い出すことは出来ない。従って、夕顔の花は、歌の贈り主である女君に喩えたのである、と私見としても捉えたい。夕顔の花は決して光源氏の顔などではなく、白露の光に喩えられているのが光源氏なのである。

女君は、「帚木」巻の「雨夜の品定め」で明らかなように、右大臣の四の君（頭中将の北の方）の脅迫により、乳母のいる西の京に這い隠れたが、そこも住み侘びて、この五条の小家に仮住まいをしている時である。願わくば、高貴なお方が頭中将であれば幸いであったが（住まいが露見する危険はあっても）、夕顔の花一房（一茎）の所望を依頼されてきた随身の様子から、そうでないことは判明した。

再び、「帚木」巻の頭中将の談義に遡れば、苦しさを露わにしない女君の気性から中将には油断があった。当時、常夏の女と称された女君は、幼い子（後の玉鬘）を抱え、思い余ってその子を撫子に擬えて、「山がつの垣ほ荒るともをりをりはあはれはかけよ撫子の露」と、頭中将に情けを請うた詠歌の経緯もある。確かにこの場合は、幼な子を抱えての不如意な状況から、頭中将に対して一瞬積極的に詠いかけたものと思われる。

しかしこの度の「心あてにそれかとぞ見る白露の光そへたる夕顔の花」の詠は、「遠方人」として、五条の小家に住む女主に、高貴な方（光源氏）が先に、花の名を尋ねたことに対する返礼だったのである。決して、内気で控えめと語られる夕顔の女君とは矛盾するものではない。

こうした状況下にある女君は、何かに這いかからなければ真に生きられない蔓性植物夕顔の特性と合致する。女君は、頭中将の忍びどころ・西の京・五条の小家と心細い暮らしを続け、一時的にせよ、この夕顔の咲く五条の小家で心の安らぎを得て、「愁眉を開く」状態にあったのである。その時、その白い夕顔の花が、切懸に這いかかって青々とした葉の中で、心地よさそうに咲いていたのを、光源氏は見逃がさなかったのである。

先の女君の詠歌「心あてにそれかとぞ見る白露の光そへたる夕顔の花」に、対する光源氏の返歌である。

源氏　寄りてこそそれかとも見めたそかれにほのぼの見つる花の夕顔　（夕顔二一五頁）

この歌意を「もっと近寄って誰それ（光源氏）かと確かめてみたらどうですか。あなたがおっしゃるように、私が夕暮にそれとなく目に留まった（判断した）花のような夕顔さん」と、女君を夕顔の花に喩えて読解してみた。

つまり光源氏は、女君の詠歌、植物「夕顔の花」を受けて、人物「花の夕顔」として返したのである。また、「心あてにそれかとぞ見る……」に対して、「寄りてこそそれかとも見め……」と、（勧誘の意で）先ず逢うことを勧め、誘いをかけた。背景には、扇に認められた詠歌の、五条の小家に住む女主の存在を察知し、このことは、自らを植物夕顔の花に喩えた女君が、光源氏によって人物夕顔に移行された瞬間ということが言えよう。

つまり、随身により「人めく花」と紹介された植物夕顔は、この贈答歌の意味のように、光源氏によって表現される人物「夕顔」としての呼称が成立したのである。植物夕顔が人物夕顔によく反映された場面であり、巻名への由来と成り得る所以であろう。

（三）　五条の小家の辺り

惟光の周到な垣間見と女君の印象

光源氏は六条へのお忍び歩きの途上、あの夕顔の花の咲いていた垣根の前を通る度に、女主夕顔との贈答歌の一件を思い起こすのである。「どんな人の住み処なのだろう」と、腹心惟光は、光源氏に命じられた夕顔の宿る五条の小家の偵察を怠らない。

今日もこの蔀《しとみ》の前渡りしたまふ。来《き》し方《かた》も過ぎたまひけんわたりなれど、ただはかなき一《ひと》ふしに御心とまりて、いかなる人の住み処《か》ならんとは、往き来に御目とまりたまひけり。

（夕顔二一六頁）

惟光の垣間見の報告である。

惟光「……時々中垣のかいま見しはべるに、げに若き女どもの透影《すきかげ》見えはべり。褶《しびら》だつものかごとばかりひきかけて、かしづく人はべるなめり。昨日《きのふ》、夕日のなごりなくさし入りてはべりしに、文書くとてゐてはべりし人の顔こそ、いとよくはべりしか。もの思へるけはひして、ある人々も忍びてうち泣くさまなどなむ、しるく見えはべる」と、聞こゆ。

（夕顔二一七頁）

光源氏の乳母（惟光の母）の住む五条の家と、夕顔の女君の仮住まいは、中垣を隔てただけのことなのであろう。容易く垣間見をした惟光は、「夕日に余すところなく照らし出されたその人の、文を書く顔は大変に美しく、褶《しびら》（裳に準じたもの）のようなものをつけた若い侍女たちが仕える女主人であるようです」と申し上げる。しかし素性は厳秘に付されていてわからない。そして「何か忍んでいるような女君の様子」であるとの惟光の報告に、光源氏の好奇心は一層強まるのである。

光源氏は先に、「雨夜の品定め」の談義を聞き、触発され、「中の品」の女性に甚く関心を寄せ、その後に「方違《かたたがえ》」（先の注にさらに加えると、陰陽道で外出する際、天一神のいる方向を避けて、前夜方違え所となる別の方角の家に宿泊し、そこから目的地に行く）のために出向いた先で、空蝉（衛門の督の娘であったが父の没後老齢の伊予の介の後妻となった）に出会ったことがあった。「中の品」の女性でありながら、確かな分別を持つ空蝉と光源氏は一夜を共にしたことがある。光源氏はこれまではごく平凡な身分の女性にまでは心をとめたりしなかったのだが、あの時の「雨夜の品定め」以来、隈なく関心をおもちのようであると本文は語る。

かやうのなみなみまでは思ほしかからざりつるを、ありし雨夜の品定《しなさだめ》の後、いぶかしく思ほしなる品々あるに、いとど隈なくなりぬる御心なめりかし。　（夕顔二一八頁）

ここに、「帚木」巻で女性論議となった「雨夜の品定」という語句がはっきりと表示され、以降若き光源氏の未知なる世界への関心として、中の品の女性が物語の構想の中にいよいよ組み込まれて行くのである。

更なる惟光担当の綿密な垣間見の報告である。

まことや、かの惟光が預りのかいま見はいとよく案内見取りて申す　（夕顔二二三頁）

と、惟光が引き受けた垣間見の件は実によく様子を探り出して申し上げる。

もしかのあはれに忘れざりし人にや、……かりにても宿れる住まひのほどを思ふに、これこそ、かの人の定め侮《あなづ》りし下《しも》の品ならめ、その中に思ひの外にをかしき事もあらばなど、思すなりけり。　（夕顔二二四〜二二五頁）

光源氏は、垣間見を惟光に預けたその女は、或いは、あの頭中将が「雨夜の品定め」で語った、かの常夏の女ではないかと推測するのである。

更に、その時の頭中将は、「下のきざみといふ際になれば、ことに耳立たずかし」と、取り立てて注意したい気にもならないと軽んじていた部類であろうが、光源氏は一瞬、自身の高貴な身分の意識が薄れ、その中にも（この陋屋にも）意外に珍しいことがあるのではないかと、未知なる世界に心が動かされるのである。

そのころ光源氏はこうした事情からか、元服の折に加冠役（元服親）を務めてくれた左大臣の姫君正妻葵の上のもとにもあまりおもむかない。

当該巻冒頭「六条わたりのお忍び歩きのころ……」とされる六条の御方のところも夜離《よが》れがちであった。

物語は進み初秋をむかえ、光源氏が久々に訪れた六条わたり（六条御息所邸）の翌朝、霧深い中に咲く美しい朝顔の花や前栽の情景が描かれる。

「夕顔」巻中における「朝顔の花」の描写である。それは前章「朝顔」巻で捉えた尊貴な「朝顔の姫君」に擬えられた植物朝顔と同様、高い身分の六条御息所邸の印象を強めるものであろうか。

簡潔ではあるが、この「夕顔」巻における「朝顔」の見事な挿入部分は、物語後半に重大な関わりを持たせるものとして、五条の小家の切懸《きりかけ》に咲く植物夕顔との対比が鮮やかである。

この五条の陋屋を隈なく偵察した惟光は、どんな些細なことでも主人光源氏に報告を怠らない。自分自身の好色心も装って奔走し、源氏の君が通い始められるよう強いて取り計らったのである。そのあたりのことは物語の常套、省略の「草子地」のままである。こうして光源氏はついに扇に書かれていた歌の主、夕顔の女君を訪れ、不思議なほどに魅了されてしまった。

女、さしてその人と尋ね出でたまはねば、我も名のりをしたまはで、いとわりなくやつれたまひつつ、……かの夕顔のしるべせし随身ばかり、さては顔むげに知るまじき童ひとりばかりぞ、率《ゐ》ておはしける。……女も、いとあやしく心得ぬ心地のみして、御使に人を添へ、暁の道をうかがはせ、御ありか見せむと尋ぬれど、そこはかとなくまどはしつつ……

（夕顔二一五〜二一六頁）

女の身元も殊に問わず、光源氏自身も警戒されないために身なりをやつし、身分も明かさない。随身も、先に夕顔の一茎を所望して顔が知られている者と、先方に全く知られていない童一人を率いただけである。隣の大弐の乳母（惟光の母）の家に中宿りさえしない。

女も不思議な思いがするばかりで、光源氏のお使いの者の帰りの道筋を探らせようとするがどことなく紛らわされてしまう。このあたり「三輪山伝説(60)」を踏まえているとよく指摘されるところである。

女は素性を明かさない男を不審に思い、光源氏も不可解な女の魅力にそれが宿縁であるかのように心が奪われてしまった。

君も、かくうらなくたゆめて這《は》ひ隠れなば、いづこをはかりとか我も尋ねん、かりそめの隠《かく》れ処《が》とはた見ゆめれば、……なほ誰となくて二条院に迎へてん、……わが心ながら、いとかく人にしむことはなきをいかなる契りにかはありけんなど、思ほしよる。

（夕顔二二七〜二二八頁）

光源氏は、女がこちらを油断させておいて、いつかこっそりと這い隠れてしまったらどこを目当てに探したらよいのか、ほんの一時の隠れ処と見えるので……いっその事、自邸二条院へ迎え取ってしまいたいと思うほど執心し、恋の虜になってしまった。

光源氏の異様な扱いに女も困惑しながらも、お互いにその素性を明かさずに時が過ぎて行く。

源氏「いざ、いと心やすき所にて、のどかに聞こえん」など、語らひたまへば、女「なほあやしう。かくのたまへど、世づかぬ御もてなしなれば、もの恐ろしくこそあれ」と、いと若びて言へば、げにとほほ笑まれたまひて、……女もいみじくなびきて、さもありぬべく思ひたり。

（夕顔二二八～二二九頁）

光源氏は「さあ、ほんとうに気楽な所でゆっくりお話し申しましょう」などとお誘いになると、女は「やはり変ですわ。そうはおっしゃってても異様なおもてなしをいただいておりますもの、何だか恐ろしゅうございます。」と、ひどく子供じみて言うので、光源氏はなるほどとほほ笑んで、それでも身元を問わない狐の化かし合いのようだと戯れている。後の怪異な現象を予想させるような表現である。女も不安に戸惑いながらも、正体のまだ明らかにされない男（光源氏）にひたすら従おうと思うのである。

それが世間に例がなく不都合なことでも、ひたすらついてくる女の心は大変愛しい人だと魅了されてしまった光源氏は、やはりあの頭中将の常夏の女だと疑わしく、頭中将の語った従順な女の気性が真っ先に思い出される。しかし、光源氏は女君に世間を忍ぶ理由を強いて尋ねず、一層女君との愛に溺れこむのであった。

世になくかたはなることなりとも、ひたぶるに従ふ心はいとあはれげなる人、と見たまふに、なほかの頭中将の常夏《とこなつ》疑はしく、語りし心ざままづ思ひ出でられたまへど、忍ぶるやうこそはと、あながちにも問ひ出でたまはず。　（夕顔二二九頁）

光源氏はこうして「雨夜の品定め」によって得た中の品、下のきざみとも判別のつかない女君との、身分の違う「懸隔《けんかく》の恋」を成就させてしまった。

その人が頭中将の語った思い人常夏の女であり、夕顔の女君だったのである。こうして本文には「這い隠れなば」という人物夕顔の情況と、「這いかかれる」・「這いまつわれたる」という植物夕顔の特性を融合させた「這う」という語句の頻出を見るのである。

中秋の名月、光源氏の訪ねた夕顔の女君の仮住まい、五条の小家とその辺りの状況である。

八月十五夜《はづきとをかあまりいつかのよ》、隈なき月影、隙《ひま》多かる板屋《いたや》残りなく漏り来て、見ならひたまはぬ住まひのさまもめづらしきに、暁近くなりにけるなるべし、隣の家々、あやしき賤《しづ》の男《を》の声々、目覚まして、「あはれ、いと寒しや」……ごほごほと鳴神《なるかみ》よりもおどろおどろしく、踏みとどろかす唐臼《からうす》の音も枕上《まくらがみ》とおぼゆる、あな耳かしがましと、これにぞ思さるる。……白栲《しろたへ》の衣うつ砧《きぬた》の音も、かすかに、こなたかなたに聞きわたされ、空とぶ雁の声、とり集めて忍びがたきこと多かり。端《はし》近き御座《おまし》所なれば、遣《や》り戸を引きあけて、もろともに見出だしたまふ。ほどなき庭に、されたる呉竹《くれたけ》、前栽《せんざい》の露はなほかかるところも同じごときらめきたり。虫の声々乱りがはしく、壁の中のきりぎりすだに間遠《まどほ》に聞きならひたまへる御耳に、さし当てたるやうに鳴き乱るるを、なかなかさまかへて思さるるも、御心ざしひとつの浅からぬに、よろづの罪ゆるさるるなめりかし。

(夕顔二二九〜二三一頁)

八月十五夜、隈なく照りわたった満月の光が、隙間の多い板葺きの家のあらゆる所に射し込んでくる。光源氏はこうした粗末な見慣れぬ家の有様をもの珍しいと思うのである。そればかりではない。明け方近くには、目を覚まして「あぁ、ひどく寒いなぁ」……と、隣家の貧しい男たちの声々、ごろごろと鳴る雷よりも凄く踏み鳴らしている唐臼の響き、それには閉口するが、普段聞くことのない光源氏の耳には何の音かもわからない。

一帯には、布を打つ砧（布をやわらかくしたり、つやを出すために木槌《きづち》で打つときの台）の音もかすかに聞こえ、空を飛ぶ雁の声までも加わってくる。光源氏は、端近い御座所であったので引き戸を開けて夕顔の女君と共に外をご覧になる。手狭な庭にはしゃれた淡竹《はちく》があり、前栽の葉先におかれた露は、こんな所でも同じようにきらきらとしている。鳴き乱れる虫の声々、いつもは邸のどこかで間遠に聞こえるきりぎりす（現在のこおろぎ）なども、耳に押し当てて鳴きたてているような響きである。

光源氏が、これは却って珍しく風変りで面白いと思われるのも、夕顔への浅からぬ思いからであろうと、光源氏の心中が語られ、夕顔の仮住まいの様相が描き出される。「全集」頭注は「源氏は、陋屋の中に浪漫的、文学的興趣を見い出して酔っている……」（夕顔二三一頁）と記されているが、のみならず、王朝文学としては数少ない、往時の庶民周辺の様相が、光源氏の視聴覚を通して知る、最も貴重な資料と成り得る場面でもあろう。

光源氏の夕顔に対する更なる印象である。

白き袷《あはせ》、薄色《うすいろ》のなよよかなるを重ねて、はなやかならぬ姿、いとらうたげに、あえかなる心地して、そこと取り立ててすぐれたることもなけれど、細やかにたをたをとして、もののうち言ひたるけはひ、あな心苦しと、ただいとらうたく見ゆ。（夕顔二三一頁）

夕顔は清楚な白い袷に、薄紫のやわらかな衣を着重ねていた。その姿は華やかではなくて、とてもかわいらしく、何か儚く、取り立てて優れているわけでもないが、その華奢で静かな物言いの女君に、光源氏は心底支えてあげたいような愛おしさを覚えるのである。

五条の宿の切懸に咲く、真っ白い夕顔の花・白い簾・白き扇・白袴の衣、そして夕顔の女君の着ている白き袷と、白色のイメージが夕顔の女君の印象と「夕顔」巻の特徴を一層深めて行くのである。

時間の推移は、暁から空も白んできた明け方に近い。しかし、まだ朝を告げる鶏鳴は聞かない。光源氏は、隣家の翁らしき声とその一心に額づく様子から、御嶽精進（吉野の金峯山に参籠する前に一心に仏道に励む）なのだろうかと思い、深い感慨を抱き、女君に歌を贈るのである。

明け方も近うなりにけり。鳥の声などは聞こえで、御嶽精進《みたけさうじ》にやあらん、ただ翁びたる声に額《ぬか》づくぞ聞こゆる。……

源氏　優婆塞《うばそく》が行ふ道をしるべにて来む世も深き契りたがふな

長生殿《ちやうせいでん》の古き例はゆゆしくて、翼《はね》をかはさむとはひきかへて、弥勒《みろく》の世をかねたまふ。

行く先の御頼《たの》めいとこちたし。　（夕顔二三二頁）

その歌意は、「今、優婆塞（男性の在俗信者）が行いをしている仏の道を、道しるべにして来世でも二人の深い約束にそむかないでください」と。そして、漢詩「長恨歌[61]」の長生殿の古い例は不吉なので、比翼の鳥とは引き変えて、弥勒の出現にしてと、今から大仰に未来のことを約束されるのである。

光源氏の父桐壺帝と生母桐壺更衣の「朝夕の言ぐさに、翼をならべ、枝をかはさむと契らせたまひしに……」と、比翼の鳥・連理の枝となることを誓った「桐壺」巻が蘇る。

女君の返歌である。

女　前《さき》の世の契り知らるる身のうさに行く末かねて頼みがたさよ

かやうの筋なども、さるは、こころもとなかめり。　（夕顔二三三頁）

その意は、「前世からの宿縁もさほどと思われるような拙い運の現世を生きる私ですから、行く先のことは頼みに出来そうもありません」という。「かやうの筋」とは、仏道のことか詠歌のことか不案内とされるが、光源氏からの贈歌「来む世」も深きに対して、夕顔の女君なりに、「前の世……行く末」と、三世（前世・現世・後世にわたる）因果の思想で力の限り切り返したのであった。

(四) 光源氏耽美を求めて某院へ

二夜の時の経過　夕顔落命

十五夜の宵から、暁になり、明け方近くと時間が経過し、光源氏はついに、この見慣れぬ陋屋から、更なる耽美を求めて、女君を木草の生い茂るなにがしの院（某院・何某院）に誘い出してしまった。

いさよふ月にゆくりなくあくがれんことを、女は思ひやすらひ、とかくのたまふほど、にはかに雲がくれて、明けゆく空いとをかし。……軽らかにうち乗せたまへれば、右近ぞ乗りぬる。そのわたり近きなにがしの院におはしまし着きて、預り召し出づるほど、荒れたる門の忍ぶ草茂りて見上げられたる、たとしへなく木暗《こぐら》し。

（夕顔一三三頁）

山の端に沈みかねているような漂う月（十六日の明け方の月）に誘われて、思いがけず魂が浮かれ出すように、さまよい出ることを女はためらっていたので、光源氏があれこれと説得なさっているうちに、月が俄かに雲に隠れて、次第に明けて行く空は実に美しい。光源氏は女君を軽々と牛車に乗せ、そこに侍女の右近一人だけが付き添って同乗した。

その辺り近くの某院にお着きになって、院の預かり人（院守・留守役）をお呼び出しになる間、見上げる門は忍ぶ草が生い茂るほど荒れ果てていて、人影もなく木立も古い。

源氏「まだかやうなる事をならはざりつるを、心づくしなることにもありけるかな。
いにしへもかくやは人のまどひけんわがまだ知らぬしののめの道
ならひたまへりや」と、のたまふ。
（夕顔一―二三三～二三四頁）

明け方に、なにがしの院に到着後の光源氏は、「まだこのようなことは経験がなかったのだけれども、この上もなく気をもむことであったのだな」と思い、その歌の意は「昔の人もこんなふうにさまよい歩いたものだろうか、私が今まで知らなかったしののめ（夜明けの薄明り）の恋の路を」と、頭中将を意識してか、女君に「あなたは経験がおありですか」と、いわゆる歌文融合で詠いかける。
夕顔の女君の返歌と源氏の対応である。

女恥ぢらひて、

女「山の端の心もしらでゆく月はうはのそらにて影や絶えなむ
心細く」とて、もの恐ろしうすごげに思ひたれば、かのさし集ひたる住まひのならひなら
んと、をかしく思す。
（夕顔二三四頁）

女君は恥ずかしそうにして、「山の端（私）の心も知らないでわたり行く月（光源氏さまらしきお方）は、恋の途中で姿を消して（私のもとから去って）しまうのでしょうか」と詠い、さらに「心細くて」と、頭中将のようにこの度も、光源氏の恋情の訴えが、かえっていつか消えはせぬかと不安に思えるのである。

この時、光源氏はそのような夕顔の心細さと、某院の、静まり返った陰森の気の満ちた恐怖に気づかない。それどころか、夕顔の女君の控えめな気質、嫋《たお》やかな姿にすっかり魅了された光源氏は、愛欲の不思議さに酔い、女君が異常にこの某院を怖がるのは、あの粗末な五条の陋

屋に住み慣れてしまったからであろうと楽観的なのである。

　御車入れさせて、西《にし》の対《たい》に御座《おまし》などよそふほど、高欄《かうらん》に御車ひき懸《か》けて立ちたまへり。右近艶《えん》なる心地して、来《き》し方のことなども、人知れず思ひ出でけり。預りいみじく経営《けいめい》し歩《あり》く気色に、この御ありさま知りはてぬ。（夕顔二三四頁）

　光源氏は御車を門内に入れさせて西の対に御座所を準備する間、高欄に轅《ながえ》（牛車などの軸につけて長く前に平行に差し出した二本の棒）をもたせかけ、お待ちになっている。ただひとり付き添った侍女の右近も、「艶なる心地して、来し方のことなども、……」と、頭中将のことなどの思いに耽るのか、女主人夕顔の恋路につき従う何かはなやいだ感さえしているのである。その時の右近は更に、「預りいみじく経営《けいめい》し歩く気色に、この御ありさま知りはてぬ」と、この某院が皇室御領であり、留守役の懸命な奔走ぶりに、改めて光源氏の相当な身分の高さを認識するのである。

　物語はこのように、夕顔の女君の迫り来る切実な不安と、それに気づかない青年光源氏の甘美な心境の相違が交錯する場面を描くのである。

辺りがぼんやりと見えてきたころに、急場のことだが臨時の御座所がさっぱりと設えられ、光源氏は車をお降りになったようである。

ほのぼのと物見ゆるほどに、下《お》りたまひぬめり。かりそめなれど、きよげにしつらひたり。「御供に人もさぶらはざりけり、不便《ふびん》なるわざかな」とて、睦《むつ》ましき下家司《しもげいし》にて、殿にも仕うまつる者なりければ、参り寄りて、「さるべき人召すべきにや」など申さすれど、源氏「ことさらに人来《く》まじき隠れ処《が》求めたるなり。さらに心より外《ほか》に漏《も》らすな」と、口がためさせたまふ。

（夕顔一二三四頁）

その時の光源氏は、某院の預かり人であり、左大臣家にもお仕えをしているたまたま昵懇の下家司（家司は親王・摂関・大臣および三位以上の家などで家政をつかさどる職員で四、五位。下家司は六位）であった者の懸命な勧めにも拘わらず、折角の隠れ処を求めたのだからと、まわりに右近以外の人を置かない。そればかりではなくその下家司に他言を戒めた。

時間の推移は十五日の宵・夜・十六日の暁・明け方からほんのりと朝を迎えたのである。そして、時を経て日中になった。

日たくるほどに起きたまひて、格子手づから上げたまふ。いといたく荒れて、人目もなくはるばると見わたされて、木立いと疎ましくもの古りたり。け近き草木などはことに見所なく、みな秋の野らにて、池も水草に埋もれたれば、いとけうとげになりにける所かな。

（夕顔二三五頁）

光源氏は日が高くなるころに起き、自ら格子をお上げになると、そこはひどく荒れ果てていて人影もなく、遥々と遠くまで見渡せる。樹木は気味悪いほどに古び、近くの前栽は見映えのするものとてなく、秋の野らの様で池も水草に埋もれている。何とも恐ろしそうになってしまった所だなと、光源氏の目は辺りの様相を追っている。

これまでは、光源氏も夕顔の女君もお互いの素性をうすうす知りながら名を告げずにいたが、次の歌によって光源氏は隠し立てを解くのである。

光源氏からの贈歌である。

源氏「夕露に紐とく花は玉ぼこのたよりに見えしえにこそありけれ

露の光やいかに」と、　（夕顔一二三五頁）

その歌意は「夕露（光源氏）によって衣の紐をとかれるように咲く花（夕顔）は、まるでこの路（道・玉ぼこ）の頼り（道しるべ）のように見えたあの日のご縁（扇の上の夕顔の花の枝）があったからなのですね」と詠じ、「あの露の光（白露の光であった私）は今、どのようにあなたを輝かせているでしょうか」と、光源氏は先の歌を思い出しながら、それまで「顔をもほの見せたまはず」であった自身の正体を明らかにしたのである。

つまり、光源氏と夕顔の女君がまだ相まみえる以前の初出歌に、女君の詠歌「心あてにそれかとぞ見る白露の光そへたる夕顔の花」を受けて、光源氏はこの日までの成り行きと、今の心境を、自信と情愛をこめて詠い上げたのである。

そしてあの時に、まるで「愁眉を開く」ように「おのれひとり笑みの眉ひらけたる」と、白く咲いていた夕顔の花を、一層輝かせたのは正しくこの私だったのですよ、と何の隔てもなく語りかけたのである。女君の不安など気付くはずもなく、恋に耽溺する若き光源氏はさらに、「露の光やいかに」と、その清らな美しさを顕《あらわ》にするのである。

対して、夕顔の女君からの返歌である。

女「光ありと見し夕顔の上露《うはつゆ》はたそかれ時の空目《そらめ》なりけり　（夕顔二三六頁）

その歌意は、「輝くご威光が紛れもなく添えられている（光あり）と見た花の夕顔（私）への上露（光源氏さまの愛）は、よく物の判別がつかない黄昏時の見間違え（身分の隔たり）であったと気付きました」と、女君の心内は、その身分の違いに恐れ慄くばかりであり、かすかな声で切り返す切ない返歌であった。

眩い光のもとで、あまりにも高貴な光源氏の御姿を、正しく見据えた夕顔の女君は、激しい身分の隔たりを改めて意識したのである。

光源氏は自ら隔てをとり、女君にも「今だに名のりしたまへ」と、今からでも名乗ることを求めるが、女は、五条の小家の切懸に這いかかって咲く夕顔の花は、これほど輝かしい白露の光を添えていただく花にふさわしくはございませんと、言うかのように、光源氏に名を告げることを拒否する。そして自らを名乗ることのできない、宿も定めない「海人の子なれば[62]」と応じ、決して素性を明かさない。

戯れる光源氏の切り返し、「よし、これもわれからなめり[63]」と、海人を詠みこむ引歌を余所に聞き、夕顔の女君は嘆息と同時に、光源氏の総てを称えるのである。

それは、河添房江氏により「光の美質を全円的にかねそなえた人物として、光源氏の存在の偉大さが改めて反芻される態なのである。源氏物語が物語の主人公を『光る君』『光る源氏』と呼び慣らわしたのは、その光り輝く美貌に拠るばかりではなかった。『ひかり』と呼ぶにふさわしい容姿・才幹・勢威・救済者としての資質すべてを引っくるめた上での、讃仰をこめた命名と読み解くべきなのである。(64)」と解説されるように、夕顔の女君は「光・光あり」と、類まれな美しい光輝を放つ光源氏の全てを感じ取るのである。そしてその偉大さに思わず、「黄昏時の見間違えでございました」と装ったのである。夕顔の女君なりの精一杯の見事な返歌であった。

そこには、貴顕な光源氏と中の品の女性である夕顔の女君の、相当に身分の違う「懸隔の恋」の困難を思わせるものがあった。

時は再び夕刻を迎える。夕顔の女君との意識の差異に気付くことなどなく、自信と若さに満ち溢れる光源氏は、夕顔への執心が殊更に深くなり、夕映えの中に浮かぶ二人の美しさは、そら恐ろしいほどである。

たとしへなく静かなる夕《ゆふべ》の空をながめたまひて、奥の方《かた》は暗うものむつかしと、女は思ひたれば、端《はし》の簾を上げて添ひ臥したまへり。夕映えを見かはして、女もかかるありさまを思ひの外にあやしき心地はしながら、よろずの嘆き忘れてすこしうちとけゆく気色、いとらうたし。……内裏《うち》にいかに求めさせたまふらんを、いづこにも尋ぬらんと思しやりて、かつはあやしの心や、六条わたりにもいかに思ひ乱れたまふらん、恨みられんに苦しうことわりなりと、いとほしき筋はまづ思ひきこえたまふ。（夕顔二三六～二三七頁）

光源氏は、たとえようもないほど静まりかえった夕方の空を眺め、女も奥の方は暗いので、簾を上げて端近くに寄っている。すべての嘆きを忘れたかのように少しずつうちとけ、夕陽に照り映える中で見交わす光源氏と夕顔の女君の二人の顔はゆゆしきまでに美しい。

女を熱愛し恋に耽る光源氏は自らの心の不思議さにその時、この空白の二日間を、父帝がどんなにお捜しであろうか、また一方で、自ずと遠のいていた六条のお方はどんなに思い乱れていることであろうかとふと頭をかすめたのである。

時間はさらに某院での夕・宵・夜と経過して行く。

宵過ぐるほど、すこし寝入りたまへるに、御枕上《まくらがみ》にいとをかしげなる女ゐて、「おのが、いとめでたしと見たてまつるをば、尋ね思《おも》ほさで、かくことなることなき人を率《ゐ》ておはして、時めかしたまふこそ、いとめざましくつらけれ」とて、この御かたはらの人をかき起こさむとすと見たまふ。物に襲はるる心地して、おどろきたまへれば、灯《ひ》も消えにけり。うたて思さるれば、太刀を引き抜きて、うち置きたまひて、右近を起こしたまふ。これも恐ろしと思ひたるさまにて参り寄れり。

（夕顔二三八頁）

宵が過ぎる頃、光源氏が少しまどろむと夢枕に大変美しい女の人が座って、「自分がまことにすばらしいとお慕い申し上げているのに、あなたはお訪ねくださらないで、格別のこともない女を率いて寵愛なさっているのがほんとに心外で恨めしい」と言って、傍らの人（夕顔の女君）をつかまえて引き起こそうとする。光源氏は物に襲われるような気がしてはっと目を覚ましたが灯もきえてしまっていた。異様に感じられたので、太刀を引き抜き枕元に置いて、侍女の右近を起したが、これも恐ろしいと思っている様で近くに寄ってきた。

夕顔に溺れる宵の光源氏の夢であるが、同時に右近も奇怪な夢を見ていたのか、暗闇の中、紙燭（灯）を取りに行くこともできない態である。手を叩いても不気味にこだまが返ってくるのがうるさいだけである。やむなく光源氏は妻戸に出て戸を押し開けるが、風が吹いていていて渡殿の灯も消えてしまった。昼夜を分かたずお仕えしている惟光も生憎退出しているとのことである。光源氏は随身に弓弦《ゆづる》を鳴らさせ（鳴弦・矢をつがえず、弓の弦を引いて妖魔を払う）、警戒のために声を立てるよう命じて戻ったが。

帰り入りて探りたまへば、女君はさながら臥して、右近はかたはらにうつ伏し臥したり。……まづこの人いかになりぬるぞと思ほす心騒ぎに、身の上も知られたまはず、添ひ臥して、ややとおどろかしたまへど、ただ冷えに冷え入りて、息はとく絶えはてにけり。

（夕顔二四〇～二四一頁）

光源氏は中に戻って手探りで様子を見ると女君は元のまま倒れていて、右近はその傍らでうつ伏せになっている。右近の異常な怖がりように、女君を揺すぶってみるがぐったりとしていて動かない。光源氏は自分自身の状況をかまっているゆとりもなく、夕顔の女君に寄り添って呼び覚まそうとなさるけれど、女はただ冷えてゆくばかりで、息は絶え果ててしまったのであった。

この不可解な出来事に遭遇した光源氏は何とも言いようがない。

言はむ方なし。頼もしくいかにと言ひふれたまふべき人もなし、法師などをこそはかかる方の頼もしきものに思すべけれど。さこそ強がりたまへど若き御心にて、言ふかひなくなりぬるを見たまふに、やるかたなくて、つと抱きて……

（夕顔二四一頁）

どうしたら良いのか相談できる頼もしい人もいない。法師などなら頼みになるがと思うけれど、光源氏はあれほど強がっておいでだったのにお若いお心ではどうしようもなく、むなしくなってしまった女君をそのままぐっと抱きしめて信じられず、蘇生を願うばかりである。

右近は、ただあなむつかしと思ひける心地みなさめて、泣きまどふさまいといみじ。南殿の鬼のなにがしの大臣《おとど》おびやかしけるたとひを思し出でて、心強く、……

（夕顔二四一～二四二頁）

右近はただもう暗闇の中で恐ろしいとおもっていた気持ちもみな消えて、主人夕顔を失って泣いてとり乱す様子は実に甚だしい。光源氏は「南殿（紫宸殿）の鬼が何某の大臣を脅かしたという例話」（『大鏡』大臣列伝・南殿の鬼と太刀を引き抜く左大臣忠平の豪胆ぶり）を思い出しになって、気を強く持てば、鬼を去らせて女を蘇生させることができるかもしれないと、右近を諫めるのである。

恐怖感の絶頂を経験し、「千夜を過ぐさむ」と、一夜が非常に長く感じられた後に、源氏はようやく夜明けの鶏鳴を聞いた。

……夜の明くるほどの久しさ、千夜《ちよ》を過《す》ぐさむ心地したまふ。からうじて鳥の声はるかに聞こゆるに、「命をかけて、何の契りにかかる目をみるらむ。わが心ながら、かかる筋におほけなくあるまじき心のむくいに、かく来《き》し方《かた》行く先の例《ためし》となりぬべきことはあるなめり……」　（夕顔二四三頁）

光源氏の心中思惟である。「命にかかわるような危険をおかすことになってしまったのは、いったい何の因縁であるのだろうか。自分の発した心のせいとは言え、女性との関係の筋で、身分を弁えずに「おほけなくあるまじき心」、つまり、大それたけしからぬ気持ちを抱いた報いであるのか。過去、未来にわたっての先例となってしまうことがあるのだろうかと、先夜を振り返る光源氏は、父帝の寵愛を受けながら藤壺の宮への畏れ多い思慕の深さ、夕映えの中で見交わした夕顔の女君との耽美な恋の瞬きは、六条の御方（六条御息所）に対して、弁明が立たないほどの夕顔との身分の差、まさしく光源氏と夕顔の女君との「懸隔の恋」はその背後までをも想い描かせたのである。

（五）光源氏東山へ

二条院への帰路「絵巻」の中の光源氏

夕顔の女君の落命は、夜中明け方の別なく光源氏に仕える惟光が、あいにく伺候していない時の奇怪な出来事であった。

からうじて惟光朝臣《これみつのあそん》参れり。夜半暁といはず御心に従へる者の、今宵しもさぶらはで、……我ひとりさかしがり抱き持たまへりけるに、この人に息をのべたまひてぞ、悲しきことも思されける、……（夕顔二四四頁）

光源氏はひとり、女の亡骸を抱きかかえて気を張っていたが、待ちに待った惟光の参上により、「息を延ぶ」と過度の緊張が解けてほっとし、急に感情が込み上げて泣き伏してしまった。右近も泣き崩れた。突然悲劇に遭遇した主君を思い、惟光も「よよと泣きぬ」ともらい泣きしたが、彼の大人びた冷静な対応は、的確に場面を展開させてゆく。

動転する光源氏を、惟光は二条院への帰邸をすすめ、事の処理を引き受けて、女君の遺骸を東山の知人の尼のいる寺に密かに送った。そして日暮れてから惟光は、再び光源氏のもとに参上したのである。

日暮れて惟光朝臣参れり。……召し寄せて、源氏「いかにぞ、いまはと見はてつや」とのたまふままに、袖を御顔に押し当てて泣きたまふ。（夕顔二四九頁）

源氏「便《びん》なしと思ふべけれど、いま一《ひと》たびのかの亡骸《なきがら》を見ざらむがいといぶせかるべきを、馬《むま》にてものせん」とのたまふを、いとたいだいしきこととは思へど、（夕顔二五一頁）

惟光から、東山の夕顔の様相を報告された光源氏は、息詰まる思いで、躊躇する惟光に、もう一度女君の亡骸に会うことを懇願し、東山におもむいたのである。

道遠くおぼゆ。十七日の月さし出でて、河原のほど、御前駆《さき》の火もほのかなるに、鳥辺野《とりべの》の方など見やりたるほどなど、ものむつかしきも何ともおぼえたまはず、かき乱る心地したまひて、おはし着きぬ。（夕顔二五二頁）

気が急くためであろうか、東山までの道は遠く感じられた。十七日の「立ち待ちの月」がさし出でていた。賀茂川の河原の辺りを通る頃は御先払いの松明《たいまつ》の火もかすかであったが、遠く鳥辺野の方を見ても恐ろしさなど何ほどでもない。光源氏はかき乱れた心のまま東山へ到着した。光源氏が、ただひたすらに到着した東山辺りのそこは、粗末な板葺きの家の傍らにお堂を立てただけの侘びしい住まいであった。

あたりさへすごきに、板屋のかたはらに堂建てて行《おこな》へる尼の住まひ、いとあはれなり。御燈明《みあかし》の影ほのかに透《す》きて見ゆ。その屋には、女ひとり泣く声のみして、外《と》の方《かた》に法師ばらの二三人《ふたりみたり》物語しつつ、わざとの声立てぬ念仏ぞする。（夕顔二五二頁）

薄暗い中に右近一人の泣く声がして、外の方には二、三人の僧が蘇生がかなうようにと、

「無言念仏」(65)をしている。光源氏は夕顔の手をとらえて「我にいま一度声をだに聞かせたまへ。……」と、立ち上がれない悲しみに声も惜しまず泣くのである。一方、右近は幼い時から片時も女主人夕顔の傍らを離れたことがなく、この急な別れに帰ってゆくところとてない。五条の家にも戻れず、夕顔と共に煙になりたいと悲嘆に暮れている。光源氏は「いざ二条院へ」と促すが、かく言う源氏自身も「頼もしげなしや」と、「草子地」は若き光源氏の心境とその場の情況を傍観するように語っている。

献身的な惟光は、東山の夕顔の亡骸に対面するためにおもむいた主人光源氏に、明け方になったことをお告げする。

惟光、「夜は明け方になりはべりぬらん。はや帰らせたまひらん」と聞こゆれば、かへりみのみせられて、胸もつとふたがりて、出でたまふ。道いと露けきに、いとどしき朝霧に、いづこともなくまどふ心地したまふ。……御馬《むま》にもはかばかしく乗りたまふまじき御さまなれば、また惟光添ひ助けて、おはしまさするに、堤《つつみ》のほどにて御馬《むま》よりすべり下りて、いみじく御心地まどひければ……惟光心地まどひて、……川の水に手を洗ひて、清水《きよみづ》の観音を念じたてまつりても、すべなく思ひまどふ。君もしひて御心を起こして、心の中《うち》に仏

「白描源氏物語画帖」夕顔十一　作者不明　江戸時代中期　石山寺蔵大津市
(『絵巻で楽しむ　源氏物語　夕顔』朝日新聞出版　2012年)

夕顔の亡骸に対面した後の光源氏は、東山からの帰路、憔悴の余り馬から滑り落ちるように下りてしまった。惟光は不安を覚え清水寺の観音〈右上〉を拝んでいる。

を念じたまひて、またとかく助けられたまひてなん、二条院へ帰りたまひける。

（夕顔二五四～二五五頁）

憔悴しきった光源氏は、惟光に促されて二条院への帰路についたが、一入濃い朝霧の道すがら、「いづこともなくまどう心地したまふ」と、何とも心もとなくしっかりと馬上の人となれない。再び惟光に添い助けられて、何とか賀茂川の堤の辺りまで辿り着いたときに、「御馬よりすべり下りて」と、このあたりの場面が、物語を越えて『源氏物語』の「絵巻」[66]を楽しませる。

不安を覚えた惟光は動揺し、賀茂川の水で手を清め、清水寺の本尊千手観音を念じたてまつり、常軌を逸した状態でやっと二条院へ帰り着いたのである。

（六）　夕顔の女君の出自と光源氏の独詠歌

その後の光源氏はすっかり病に陥ってしまい、二十日余り大変重く患ったが、あの八月十七日の夜半から一か月余り経ち、「九月二十日のほどにぞおこたりはてたまひて」と、晩秋になり漸く回復の兆しをみた。病の癒えた光源氏はのどやかな夕暮れに、右近を召し出して夕顔の女君の素性と在りし日を詳しく語らせるのである。

> 親たちははや亡せたまひにき。三位中将《さむゐのちゆうじやう》となん聞こえし。……はかなきもののたよりにて、頭中将なんまだ少将にものしたまひし時、見そめたてまつらせたまひて、三年《みとせ》ばかりは心ざしあるさまにて通ひたまひしを、去年《こぞ》の秋ごろ、かの右の大殿よりいと恐ろしきことの聞こえ参《ま》で来《こ》しに、もの怖《お》ぢをわりなくしたまひし御心に、せん方なく思し怖《お》ぢて、西《にし》の京に御乳母《めのと》の住みはべる所になむ、這《は》ひ隠れたまへりし。それもいと見苦しきに住みわびたまひて……
>
> （夕顔二五九〜二六〇頁）

右近によって、夕顔の女君の両親は早く亡くなられたが父は三位の中将であったと、その出自が語られた。いわゆる「帚木三帖」中の「夕顔」巻において、夕顔の女君は、中の品の女性として語り収められたのである。頭中将が「雨夜の品定め」で語った人物そのままの女性であった。史実に浮かぶ「条坊図」の西の京や五条の辺りの往時の状況もこのあたりの表現によって汲み取れる。

右近から夕顔の素性を聞かされ、その秘められた思いにやっと気づかされた光源氏は、更に夕顔の年齢を尋ね、「十九にやなりたまひけん。」と伝えられた。光源氏は一層夕顔への哀惜の念に駆られて、夕方の空を慕わしく眺めながらひとり悲しい胸のうちを詠じたのである。

源氏　見し人の煙を雲とながむれば夕《ゆふべ》の空もむつましきかな　（夕顔二六二頁）

夕顔の女君の内面を明らかにされた光源氏は、その後、密かに比叡山延暦寺の法華堂で、惟光の兄の阿闍梨《あじゃり》（師範たるべき高徳の僧の称）のまたとないお勤めにより懇ろな法要を行った。夕顔の名を伏せた願文（立願のとき願いの趣旨を記した文）を学問の師である文章博士も手を加えることがないほどに、光源氏はその草案を真心こめて書き出したのである。そして布施として寺に寄進するものとして（夕顔は某院で身一つで亡骸となってしまい、五条の家にも内密にしていたので何もない）光源氏は人知れず新しい装束を誂えて取り寄せたのである。その装束の袴の紐を手に、古歌(67)を踏まえた独詠歌を唱えるのである。

かの人の四十九日《なななぬか》、忍びて比叡《ひえ》の法華堂《ほけだう》にて、事そがず、……惟光が兄の阿闍梨《あざり》いと尊き人にて、二《に》なうしけり。御文の師にて睦まじく思す文章博士《もんざうはかせ》召して、願文作らせたまふ。……

あはれげに書き出でたまへれば、……忍びて調《てう》ぜさせたまへりける装束の袴をとり寄せさせたまひて、

源氏　泣くなくも今日はわが結《ゆ》ふ下紐《したひも》をいづれの世にかとけて見るべき

（夕顔二六五〜二六六頁）

ここに、夕顔の女君に寄せた光源氏の最後の贈歌となった先の、「夕露に紐とく花は玉ぼこのたよりに見えしえにこそありけれ」の、宿縁（枝・縁）の意味が重ねられるのである。はかない一夕の花のごとく、嫋《たお》やかな女君の姿は、「帚木」巻で聞き及んだ光源氏の女性観に適うものであった。

忽ち魅了された光源氏が、夕顔の女君とのひとときを過ごすきっかけとなったのが、切懸に咲いていた蔓性植物夕顔の白い花だったのである。その支柱の役割を果たしてくれたのが五条の小家であった。頭中将の北の方四の君の圧迫から小康を得て、安らぎを覚え、「おのれひとり笑みの眉ひらけたる」と、夕顔の女君は仮住まいの時の狭間で、「愁眉を開く」ことのできる状態にあったのである。

この束の間の安堵感から展開された物語の技巧は、人物と植物を融合させた巻々の中でも、

控えめながら一際印象を強くする「夕顔の女君」の不遇な生涯を描出させたものであった。それは、黄昏の中に白く浮かび上がっていた夕顔の花が、あまりにも輝かしい「光」の照射を受けて、あえなく萎んでしまったかのようでさえあった。

つまり、詠歌に託された、光源氏を喩える輝かしい「白露の光」と、夕顔の女君を擬えた「花のような夕顔」の身分差の恋の困難を表した「懸隔の恋」であったのである。

第四章　結び

朝顔の姫君の人品と出会い、夕顔の女君の人柄と出自と光源氏との関りを、「忘れ得ぬ初恋」と「懸隔《けんかく》の恋」として名付けてみた。

植物朝顔も夕顔も、その花の印象は、開花中の時間が短く、儚い植物に見立てられるが、その生態は科も属も全く異なるものであった。

「朝顔の姫君と夕顔の女君のひとりひとり」も朝《あした》と夕《ゆうべ》に象徴されるように対照的な生を歩んだ。

光源氏にとっても、「朝顔の姫君」は、御心ばへ（心延へ）の懐かしい人として終始し、「夕顔の女君」は、激しく刹那的な現実を生きた女性であった。

文献によれば、植物学的特徴に、「朝顔」は、「ヒルガオ科　アサガオ属」であり、遣唐使が薬用として「牽午子《けん(に)ごし》」[68]（種子）を持ち帰ったとされ、それを現在に繋ぐ。

「夕顔」は、「ウリ科　ユウガオ属」であり種子とともに球形の大きな実を結び、漢名は[69]「壺盧」・「匏（丸ユウガオ）」・「瓠（長ユウガオ）」という。

『枕草子』[70]「草の花は」中の「夕顔」の表現も、ユウガオの実の姿が強調され、ウリ科の「ユウガオ」の果実であることが確認できる。

そこで植物夕顔の生らせた大きな実を、夕顔の女君の遺児・玉鬘に擬えてみるのも面白い。

「夕顔」巻は、見事に「玉鬘」巻に繋ぐ方向を定めて、夕顔の女君を失って半年後、「末摘花」巻の冒頭では、「思へどもなほあかざりし夕顔の露に後れし心地を、年月経れど思し忘れず」と、十八歳の青年光源氏の深く苦しい夕顔追慕の心内が語られる。

更に、十七年が経過し「玉鬘」巻の冒頭は、「年月隔たりぬれど、飽かざりし夕顔を、つゆ忘れたまはず」と、歳月の隔たりと、熱愛した夕顔への尽きない思い出が回想され、舞台は夕顔の遺児玉鬘を登場させ、玉鬘十帖への展開を見る。

光源氏の詠歌に、植物夕顔が実を結び、その実（娘）が「鬘」というつる性の植物に喩えられ、「玉鬘」（玉は美称）と呼称されている場面がある。

「恋ひわたる身はそれなれど玉かづらいかなるすぢを尋ね来つらむ

あはれ」とやがて独りごちたまへば、……（玉鬘一二六頁）

と、光源氏は「亡き夕顔を思い続け、いまだに恋い慕うこの身は昔のままであるが、この玉鬘という娘は、どのような筋（縁）によって私を尋ねて来たのだろうか。ああ何とも愛おしい」と、いわゆる歌文融合の文体で、夕顔母娘との機縁を光源氏の独り言に連ねて行くのである。

「夕顔の娘を玉鬘とするのは、偶然を装ってはいるが、紫式部がしっかりとその『すぢ』を条立《すじたて》とした構成にちがいない。この玉鬘は『万葉集』と同じく恋にからんでいる点は共通する。しかし、『万葉集』の玉鬘が実にならないのに対して源氏の玉鬘は夕顔が生んだ娘であり、夕顔の稔りといえよう。(71)」と、その「条立《すじたて》」（筋立）が解析される。

つまり、光源氏の詠歌中の、「玉かづら（鬘）」は、「いかなるすぢ（条・筋・つる）を」と、光源氏と夕顔・玉鬘母娘との因縁とも響き合って、植物としての役割を担い、物語的効果をあげているのである。

「朝顔」巻は、再び桐壺朝が回顧され、朝顔の姫君登場時の「帚木」巻から「葵」・「賢木」巻を経て、「薄雲」巻より連接されたのである。「朝顔」巻は、藤壺の宮追懐の情を、色濃く描くことによって、桐壺朝回帰が果たされ、藤壺中宮喪失後の、朝顔の姫君の存在を浮き立たせたのであった。同時に、姫君の「御心ばへ」が強調され、それは光源氏幼少期の心の原点をも投影されたかのようであった。

このように当該「朝顔」巻を含む前半は、光源氏の半生を描ききり、後半は、朝顔の姫君に対して光源氏の老成した眼差しが、旧知の友を懐かしむかのようであった。

「朝顔」巻に接ぐ「少女」巻では、年が改まり朝顔の姫君は父宮の除服をむかえ、光源氏は夕霧の元服と同時に厳しい教育方針を固める。後に、四季の町・六条院を造営し、「梅枝」巻に至り、光源氏は明石の姫君の入内準備に合わせて、その六条院で風雅な薫物合せや冊子作りの多彩な営みを催した。調合を依頼していた朝顔の姫君からも、香り高い薫物が、そして香壺も善美を尽くして贈られてきた。優れた仮名の草書も、紫の上と共に讃美している。「若菜上」巻で、源氏は四十歳をむかえ、兄朱雀院に女三の宮を託されるにあたり、往時を知る女房たちの間で、再び尊貴な前斎院朝顔の姫君が話題に上る。続く「若菜下」巻において、十八年間在位にあった冷泉帝も譲位され、まさしく一つの時代の終焉を物語るかのように、朝顔の姫君登場も最終巻となったのである。

尚、物語に植物性を絡ませるならば、「若菜下」巻の華麗な女楽の後、その時の四人の演奏者の人となりを、光源氏はそれぞれの「木の花」に喩えた。女三の宮を青柳に、明石の女御を藤の花に、紫の上を桜に、明石の君を花橘に擬えたのである。

朝顔の姫君は、出家という展開によって、光源氏の胸の奥に大切に抱き込まれるように物語から姿を消した。「木の花」に喩えられた四人の女性たちのように物語全体を貫いてはいない。物語の根幹を占める光源氏の理想の女性藤壺中宮のように、美しい紫色の木の花の喩でもない。光源氏と朝顔の姫君の間に交わされた「折り枝」には、時に応じて藤の花や、榊に木綿《ゆふ》つけしたものや、梅の花の枝もあった。しかし、姫君の象徴としての「花の喩」には、早朝に清々しく咲く「朝顔の花」が選び取られた。正しくそれは光源氏の半生の歩みにふさわしく、「木の花」ではなく、一年草の「草の花」であったのである。

黄昏時に、一瞬輝きを増したかのような「夕顔の花」も、あえなく萎む「草の花」であった。「朝顔」・「夕顔」、両巻とも植物性の濃い物語である。

注

＊『源氏物語』本文の引用は全て「日本古典文学全集」（小学館）に拠る。

（1）『和辻哲郎全集　第八巻』二五頁　岩波書店　一九七七年
和辻哲郎『風土―人間学的考察―』岩波書店　一九九六年

（2）大野晋・他編『岩波　古語辞典』岩波書店　一九七五年

（3）『國史大辭典　12』国史大辞典編集委員会編　吉川弘文館　一九九一年

（4）角田文衛「京の町屋のルーツ――四行八門の制」『平安の都』朝日新聞社　一九九四年
塙保己一編「掌中暦」『續羣書類従』第三十二輯上　雑部巻第九百三十一續羣書類従完成會　一九二六年

（5）注（3）に同じ

（6）「延喜式　巻四十二　左右京職」『新訂増補　國史大系　第二十六巻　延喜式』吉川弘文館　二〇〇〇年

（7）角田文衛　総説「二　平安京」『平安時代史事典』本編上　古代学協会・古代学研究所　一九九四年

（8）『角川　日本地名大辞典　26』京都府　上巻一三六頁　角川書店　一九八二年

（9）『角川　日本地名大辞典　26』京都府　上巻六〇四頁　角川書店　一九八二年

（10）「池亭記」『本朝文粋』日本古典文学大系　岩波書店　一九六九年
「校本扶桑畧記　巻二十七」『改定　史籍集覧　第一冊　通記類』近藤活版所　一九〇〇年

「天元五年　十月、大内記慶滋保胤　作池亭記、其文曰、東京四條以北……」

（11）大曾根章介「『池亭記』論」『日本漢文学史論考』岩波書店　一九七四年

（12）注（11）に同じ

（13）「拾芥抄」『故實叢書』明治圖書出版株式会社　一九五二年

（14）「観無量寿経」『岩波仏教辞典』岩波書店　一九九六年

「……浄土三部経の一……極楽世界や阿弥陀仏、観音・勢至二菩薩の観想の仕方および九品往生の観想を説く……」

（15）「長恨歌」『白氏文集二下』新釈漢文大系　明治書院　二〇〇七年

「七月七日《しちぐわつしちにち》　長生殿《ちやうせいでん》、夜半《やはん》　人無く　私語の時。天に在りては願はくは比翼《ひよく》の鳥《とり》と作《な》り、地に在りては願はくは連理《れんり》の枝《えだ》と為《な》らん。」

（16）「伊勢」『國史大辭典　１』国史大辞典編集委員会編　吉川弘文館　一九七九年

「伊勢集」『平安私歌集』新日本古典文学大系　岩波書店　一九九四年

（17）「紀貫之」「作者解説」『本朝文粋』新日本古典文学大系　岩波書店　一九九二年

「古今和歌集序　假名序」『日本歌學大系』第壱巻　風間書房　一九五七年

（18）中西進「桐壺　長恨歌１」『源氏物語と白楽天』岩波書店　一九九七年

（19）「寛平御遺誡」『國史大辭典　３』国史大辞典編集委員会編　吉川弘文館　一九八三年

「……宮中府中の政務に関する注意や、天皇日常の動作・学問についての訓戒のほか、具体的な人物の登用についても積極的な意見が述べられてある。」

(20) 「方違(かたたがえ)」『平安時代史事典　本編　上』角川書店　一九九五年
「陰陽道による方忌《かたいみ》認識に対する忌避行為をいう。……忌を認識して抵触する行動を中止する行動も含むが、狭義には忌避のために適当な他所に宿泊する行為をさし……」

(21) 「帚木」『源氏物語(1)』一七一頁注二二　日本古典文学全集　小学館　一九九五年
「帚木」『源氏物語1』九五頁注二一　新編日本古典文学全集　小学館　二〇〇九年
両集共に「この噂は、唐突の感がある。……『かかやく日の宮』の巻の存在を推定する説がある。」とある。
原岡文子「朝顔の巻の読みと「視点」」『源氏物語　両義の糸　人物・表現をめぐって』有精堂　一九九一年

(22) 北村季吟『源氏物語湖月抄(上)増注』「細流抄」一二四頁　講談社　二〇〇一年
「……是よりさきに此事なし。初て書き出し侍り、前にありつる事と心うべし。此類此物語の格也。」

(23) 玉上琢彌「登場人物の扱い方」『日本古典鑑賞講座　第四巻　源氏物語』角川書店　一九六九年
「登場人物については、その全貌の顕現と明確な説明とは保留されてあり、讀み進むにつれておのずから、それが明らかになって來るという筆法をとっているのである。……」

(24) 大野晋・他編『岩波　古語辞典　補訂版』岩波書店　一九九六年

(25) 林田孝和「源氏物語の懸想文」四頁『物語文學論究』第十三号　國學院大學物語文学研究会

二〇一一年三月

「……このように手紙は、木の枝や草花などに付けて贈られる。これを折り枝（打ち枝・文付け枝とも）という。……折り枝は料紙の色に合わせて、同色の時節のものが選ばれた。……」

(26) 松井健児「3 朝顔の姫君と歌ことば 一 朝顔の姫君の位置」『源氏物語の生活世界』翰林書房 二〇〇〇年

「光源氏にとって朝顔の姫君との関係とは……葵の上・桐壺院・藤壺との永遠の別れとともに朝顔の姫君は想起される。つまり姫君に対する光源氏の側には、あらかじめ喪失の感覚とそれへの慰撫の願いがあったことを意味し、同時にそれは、光源氏を取り巻く状況がそれほどまでに閉塞し、孤独と困難に陥った時であると考えてよい。」

(27) 「賀茂斎院表」「選子内親王 退下理由疾病」『平安時代史事典 資料編』角川書店 一九九四年

(28) 「賀茂斎院表」「恭子内親王 退下理由母更衣の喪」『平安時代史事典 資料編』角川書店 一九九四年

(29) 「雲林院」『國史大辞典 2』国史大辞典編集委員会編 吉川弘文館 一九八〇年

「京都市北区紫野にあった平安時代初期の離宮、のち寺院。この地は桓武朝以来遊猟地の一つであったが、淳和天皇の離宮として建てられたのが初見で、紫野院と呼ばれた。……」

『平安時代史事典 本編 上』角川書店 一九九五年

「山城国愛宕郡、現在の京都市北区の紫野に所在した寺院。天台宗に属し、本尊は千手観音像。もと淳和天皇の離宮として創建され、紫野院と号したが、天長九年（八三二）雲林亭と改称。次の仁明天皇の代に子息常康親王に伝領され、雲林院と称されるようになった。……十四世紀に大徳寺が創建されるに及び、当院はその子院として施入され、更に、応仁・文明の大乱で焼失した。現雲林院は、寺名を踏襲して大徳寺の塔頭として江戸時代に建てられたものである。」

(30)『大鏡』新潮日本古典集成　新潮社　二〇一〇年
（序）「さいつころ雲林院の菩提講にまうでて侍りしかば、例人よりはこよなう年老い、うたてげなる翁二人、おうなといきあひて、同じ所に居ぬめり。」

(31)「賢木」『源氏物語一』三六八頁注二　新日本古典文学大系　岩波書店　一九九三年

(32)「賢木」『源氏物語2』一一八頁注八　新編日本古典文学全集　小学館　二〇〇九年

(33)「賢木」『源氏物語(2)』一一一頁注一一　日本古典文学全集　小学館　一九九五年

(34)「賢木」『源氏物語二』一六〇頁注四　新潮日本古典集成　新潮社　二〇一〇年

(35)北村季吟「細流抄」『源氏物語湖月抄（上）増注』五二八頁　講談社　二〇〇一年
「古今和歌集　巻第五秋歌下」『新編国歌大観　第一巻　勅撰集編』角川書店　一九八三年
「うりむゐんの木のかげにただずみてよみける　僧正へんぜう
二九二　わび人のわきてたちよる木のもとはたのむかげなくもみじちりけり」

(36)林田孝和「源氏物語の懸想文」『物語文學論究』第十三号　國學院大學物語文学研究会　二〇

一一年三月

(37) 中野幸一「源氏物語における草子地」『源氏物語講座　第一巻』有精堂　一九七一年
『源氏物語』を読み進めていくと、しばしば物語の展開の中で、作者と思われるものが物語の表面に出て来て、感想を述べたり批評めいた発言をしたりしている部分に出会う。これらは物語の世界に作者が介入して、読者に向かって直接語りかけている姿勢を示すもので、古来『源氏物語』の注釈書類において「草子地」と呼ばれ、……」

(38) 「賢木」『源氏物語(2)』一一二頁　日本古典文学全集　小学館　一九九五年

(39) 林田孝和「貴種流離譚」『源氏物語事典』大和書房　二〇〇二年
「神や神の子のような高貴な主人公が、苦悩に満ちた漂泊の旅を続けた末に、最上の幸福を得る、あるいは悲劇的な最期を遂げて神として祀られる、という古代の叙事文芸から一貫して認められるモチーフである。貴種流離譚と命名したのは、折口信夫である。」
「小説戯曲文学における物語要素　一　貴種流離譚」『折口信夫全集4　日本文学発生の序説』一九七頁　中央公論社　一九九五年
「……須磨・明石の巻以降、どんなにあの類型が出て来たことであらう。而もさうと知りつゝしたものよりも、もっと更に意識の外で、模倣して行ったものが多かったのである。だが何も此は、源氏物語以降に限った事実でもなかった。……」

(40) 朝顔の姫君の父式部卿宮邸（前掲・一条大路北　大宮大路西に位置）
角田文衛「③桃園　第一図（京内）」『京都源氏物語地図』思文閣　二〇〇七年

（41）小山利彦「〝さだ過ぎ〟た朝顔の斎院—光源氏の皇権との連関—」『源氏物語の鑑賞と基礎知識　薄雲・朝顔』至文堂　二〇〇四年

（42）秋澤亙「『垣間見』私見—『源氏物語』蛍巻を端緒として—」『物語文學論究』第十三号　國學院大學物語文学研究会　二〇一一年三月

（43）注（42）に同じ

（44）『源氏物語⑵』日本古典文学全集　小学館　一九九五年
「朝顔」巻は底本として大島本（三年《みとせ》）が用いられる。
「朝顔」『源氏物語二』二六一頁注三〇　新日本古典文学大系　岩波書店　一九九三年
「三年」が何をさすか不明。……青表紙他本多く「三十年《みそとせ》」。
「朝顔」『完訳　日本の古典　源氏物語四』七九頁注二〇　小学館　一九八五年
「三十年が何をさすか不明。諸本中「み（三）とせ」とする伝本もあり、諸説紛々。いずれにせよ時の経過に無常を感じ取る表現。」
池田亀鑑校註「朝顔」『源氏物語』三　日本古典全書　朝日新聞社　一九六四年
「三十年《みそとせ》のあなたにもなりにける世かな」

（45）「夕霧」『源氏物語⑷』四四三頁注一一　日本古典文学全集　小学館　一九九五年
「昨日今日と思ふほどに、三年よりあなたの事になる世にこそあれ」
「夕霧」『源氏物語六』六八頁注五　新潮日本古典集成　新潮社　二〇一〇年
「昨日今日と思ふほどに、三十年よりあなたのことになる世にこそあれ」

(46) 「草堂記」『白氏文集　三』「巻第十六　律詩」新釈漢文大系　明治書院　一九九三年
「香爐峯下《かうろほうか》、新《あら》たに山居《さんきょ》を卜《ぼく》し、草堂初《さうだうはじ》めて成《な》る。偶々東壁《たまたまとうへき》に題《だい》す」

(47) 中西進『源氏物語と白楽天』「朝顔」岩波書店　一九九七年
「重題四首、その第三首」
「……遺愛寺の鐘は　枕を欹《そばだ》てて聴き　香爐峰の雪は　簾を撥《かか》げて看る……」

(48) 『枕草子』二七八段（底本　能因本）日本古典文学全集　小学館　一九九四年
『校訂　三巻本枕草子』二七六段　岸田慎二編　武蔵野書院　一九九六年
「雪のいと高く降りたるを、……「少納言よ。香炉峰の雪はいかならむ」と仰せらるれば、御格子上げさせて、御簾を高く上げたれば、笑はせたまふ。」……」

(49) 『枕草子』九一段（底本　能因本）日本古典文学全集　小学館　一九九四年
『校訂　三巻本枕草子』八〇段　岸田慎二編　武蔵野書院　一九九六年

(50) 松井健児「3　朝顔の姫君と歌ことば　一　斎院という属性」『源氏物語の生活世界』翰林書房　二〇〇〇年

(50) 中田武司「源氏物語の女性構想」『日本文学の視点と諸相』汲古書院　一九九一年
「源氏物語は、葵の上をはじめ、六条御息所、藤壺、紫の上の四人を外輪として、その根幹に光源氏を置く場合、この外輪は、常に移動しつつ回転し、色彩を変化させる「独楽」の如き調和体をなして展開されていると考える。……」

(51) 原岡文子「朝顔の巻の読みと「視点」」『源氏物語　両義の糸　人物表現をめぐって』有精堂

一九九一年

(52) 注(51)に同じ

(53) 林田孝和「源氏物語の懸想文」三頁『物語文學論究』第十三号　國學院大學物語文学研究会　二〇一一年三月

「立て文は、手紙を礼紙《らいし》という白紙で巻き包み、さらにそれを表巻きという白紙で包んで、その上下を折り返したもの。折り返したところに紙縒を掛けたものもある。」

(54) 「末世」『岩波仏教辞典』岩波書店　一九九六年

「仏教語としては仏滅後長年を経た教法の衰退期、またはその後の法滅の意識に伴う混乱した世情を末法濁世……といい、本来は悲観的、否定的表現として用いられた。」

(55) 「紙屋院」『國史大辭典　3』国史大辞典編集委員会編　吉川弘文館　一九八三年

「平安時代、図書寮の別所で、京城北郊の北野のうち、野宮の東、鷹屋の南にあり、宮廷用の紙をすいた。「かんやいん」ともいう。いま京都市北区の紙屋川東岸に紙屋町がある。……」

(56) 「古今和歌集　巻第一九雑体　一〇〇七」『新編国歌大観　第一巻　勅撰集編』角川書店　一九八三年

『古今和歌集』新編日本古典文学全集　小学館　一九九四年

巻第十九　雑躰歌　旋頭歌　題しらず　読人しらず

一〇〇七「うちわたす遠方人にもの申すわれ　そのそこに白く咲けるは何の花ぞも」

(57) 清水婦久子『光源氏と夕顔—身分違いの恋—』新典社　二〇〇八年

（58）注（57）に同じ

（59）「新注」では、「日本古典文学全集」は『当て推量であの方―源氏の君かとお見受けします。白露がその輝きを増している夕顔の花―夕影の中の美しい顔を」として夕顔の花を光源氏の顔と擬えている。「新潮日本古典集成」も「当て推量ながら源氏の君かと存じます、白露の光にひとしお美しい夕顔の花、光り輝く夕方のお顔は」と解し、「新日本古典文学大系」は諸説があるとされながら「推量ながらあなたさま（源氏の君）かと見るよ、白露の光をつけ加えている夕顔の花を。」とやはり夕顔の花を源氏の君と喩えている。

「古注」に関しても、『湖月抄』（玉の小櫛）は源氏の君を夕顔の花に喩えている。

「源氏物語玉の小櫛六の巻」『本居宣長全集　第四巻』筑摩書房　初版第一刷　一九六九年

歌　こゝろあてに云々　源氏の君を、夕皃の花にたとへて、今夕露に色も光もそひて、いとめでたく見ゆる夕皃の花は、なみ〳〵の人とは見えず、心あてに、源氏君かと見奉りぬと也、三四の句は、白露の、夕顔の花の光をそへたる也、露の光にはあらず……」

（60）「三輪山伝説」『古事記』中巻　新編日本古典文学全集　一九九八年

（61）「長恨歌」『白氏文集二下』新釈漢文大系　明治書院　二〇〇七年

（62）「倭漢朗詠集　巻下　遊女　七二二」『新編国歌大観　第二巻　私撰集編』角川書店　一九八四年

『和漢朗詠集　下』明治書院　二〇一一年

「雑「遊女」七二二「白波の寄するなぎさに世をすぐす海人《あま》の子なれば宿《やど》もさだめず」

(63)「古今和歌集　巻第十五　八〇七」『新編国歌大観　第一巻　勅撰集編』角川書店　一九八三年
「巻第十五　恋歌五」『古今和歌集』新編日本古典文学全集　小学館　一九九四年
八〇七「海人の刈る藻に住む虫のわれからと音をこそなかめ世をば恨みじ」

(64) 河添房江「光の喩の表現史」一五五頁『源氏物語表現史　喩と王権の位相』翰林書房　一九九八年

(65)「無言」『岩波仏教辞典』岩波書店　一九九六年
「……沈黙は精神生活にとって大切なものとされ、やがて無言の行（無言戒）として修業徳目に数えられるに至った。これは婆羅門の修業が仏教に採用されたものである。また禅宗では（無言念仏）が立てられ、浄土系や天台宗に対応するものであった。……」

(66) 秋山虔監修「夕顔」『絵巻で楽しむ　源氏物語』朝日新聞出版　二〇一二年

(67)「万葉集　巻第十二」『新編国歌大観　第二巻　私撰集編』二九三一（新番号）二九一九（旧番号）」角川書店　一九八四年
『万葉集③』「巻第十二」新編日本古典文学全集　小学館　一九九九年
二九一九「二人《ふたり》して　結びし紐《ひも》を　ひとりして　我《あれ》は解《と》き見じ　直《ただ》に逢《あ》ふまでは」
鶴久・森山隆編『萬葉集』「巻第十二」おうふう　一九九八年
二九一九「二為而《ふたりして》　結之紐乎《むすびしひもを》　一為而《ひとりして》　吾者解不見《あれはときみじ》　直相及者《ただにあふまでは》」

(68)『諸本集成　倭名類聚抄　本文篇』京都大学文学部國語學國文學研究室編

源順撰「倭名類聚鈔　巻二十　五」「元和古活字那波道圓本」臨川書店　一九八四年
「牽牛子　陶隱居本草注云　牽牛子　和名阿佐加保　此出於田舎凡人取之牽牛易薬故以名之」
(69) 牧野富太郎『原色牧野日本植物図鑑』北隆館　一九九八年
(70) 湯浅浩史『ヒョウタン文化誌―人類とともに一万年』岩波書店　二〇一五年
「草の花は」『枕草子』七〇段　日本古典文学全集　一九九四年
「草の花は……夕顔は、あさがほに似て言ひつづけたる、をかしかりぬべき花の姿にて、にくく、実のありさまこそいとくちをしけれ。などて、さはた生ひ出でけむ。ぬかづきなどいふ物のやうにだにあれかし。されど、なほ夕顔といふばかりはをかし」
(71) 湯浅浩史「源氏物語の花（11）玉鬘の意味」『花と日本文化40』小原流研究誌「桔梗」一九九八年

物語関連系図

〈△印は故人、（　）内は呼称や物語の場面を表す〉

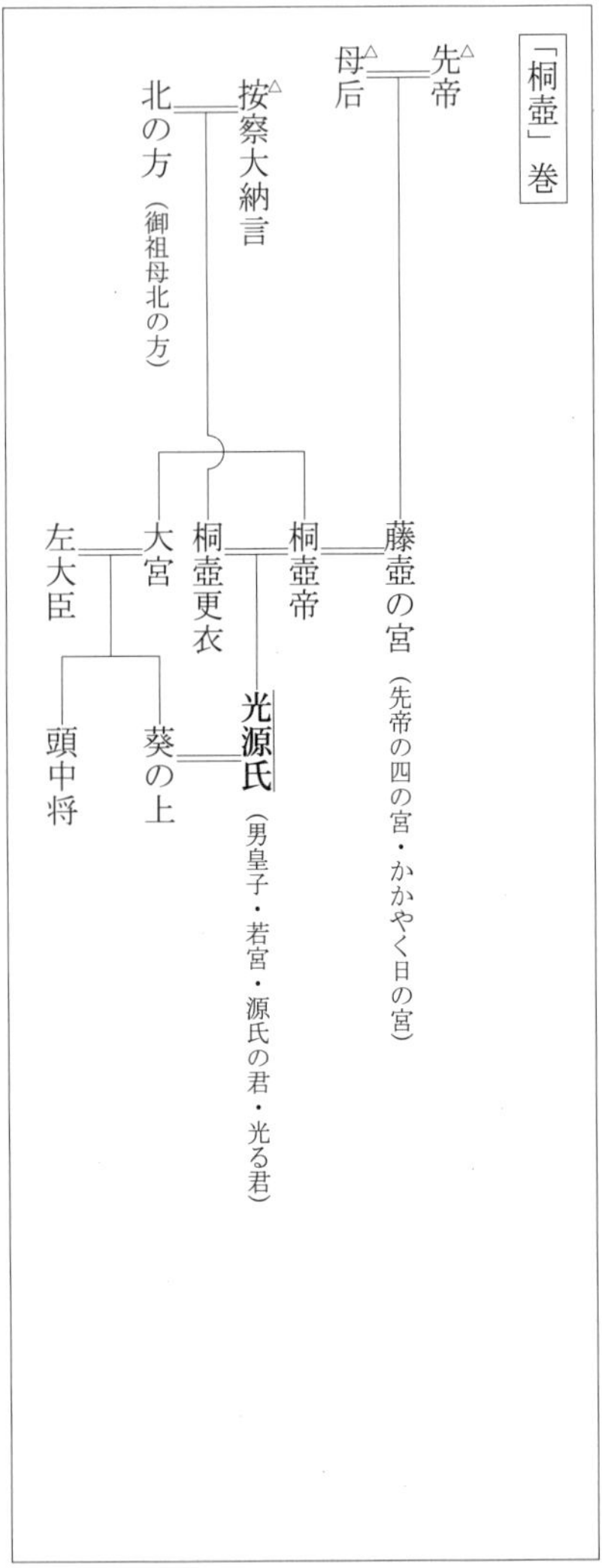

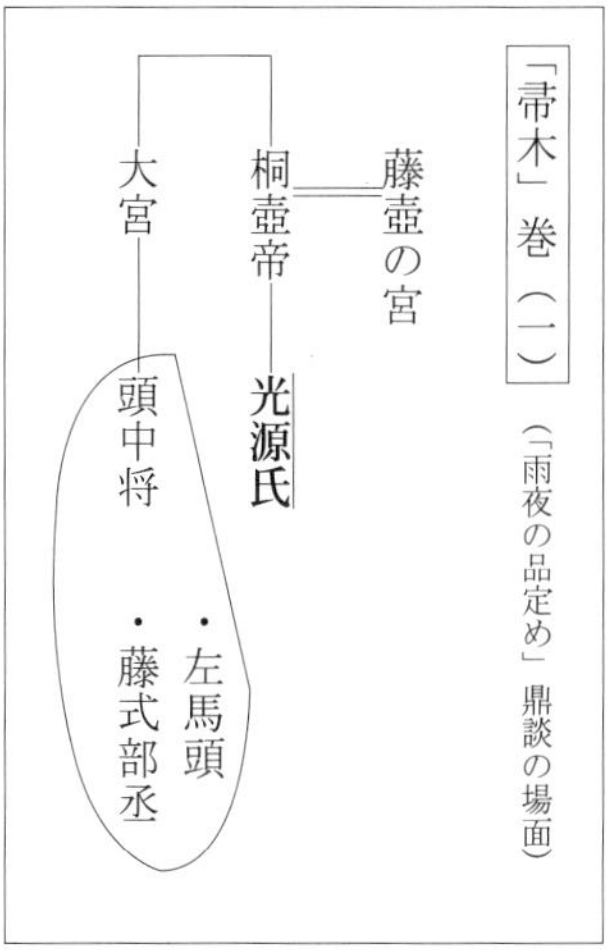

「帚木」巻（一）（「雨夜の品定め」鼎談の場面）

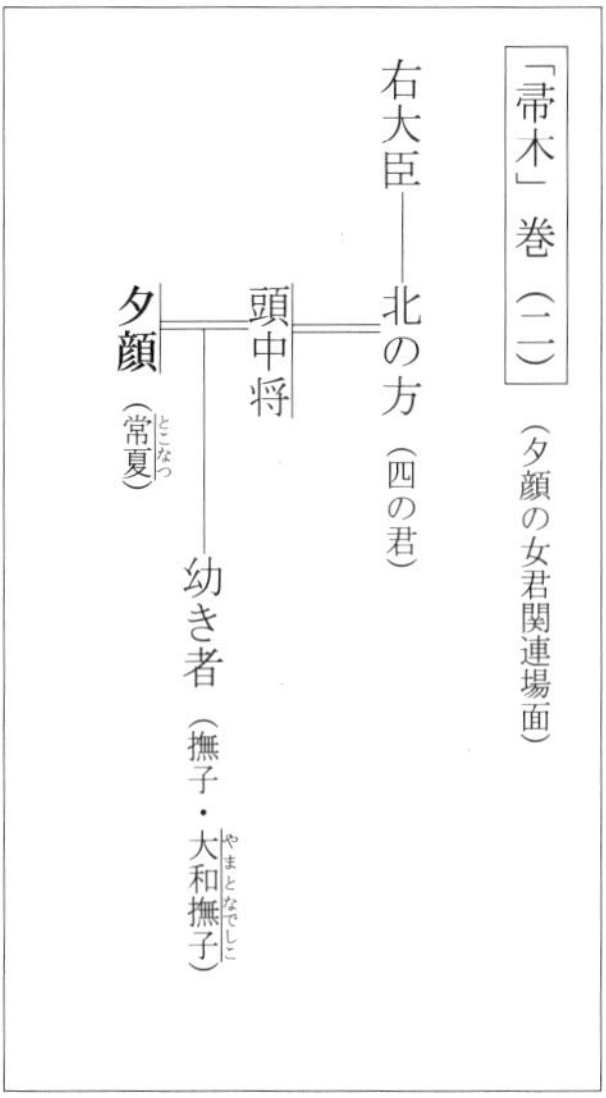

「帚木」巻（二）（夕顔の女君関連場面）

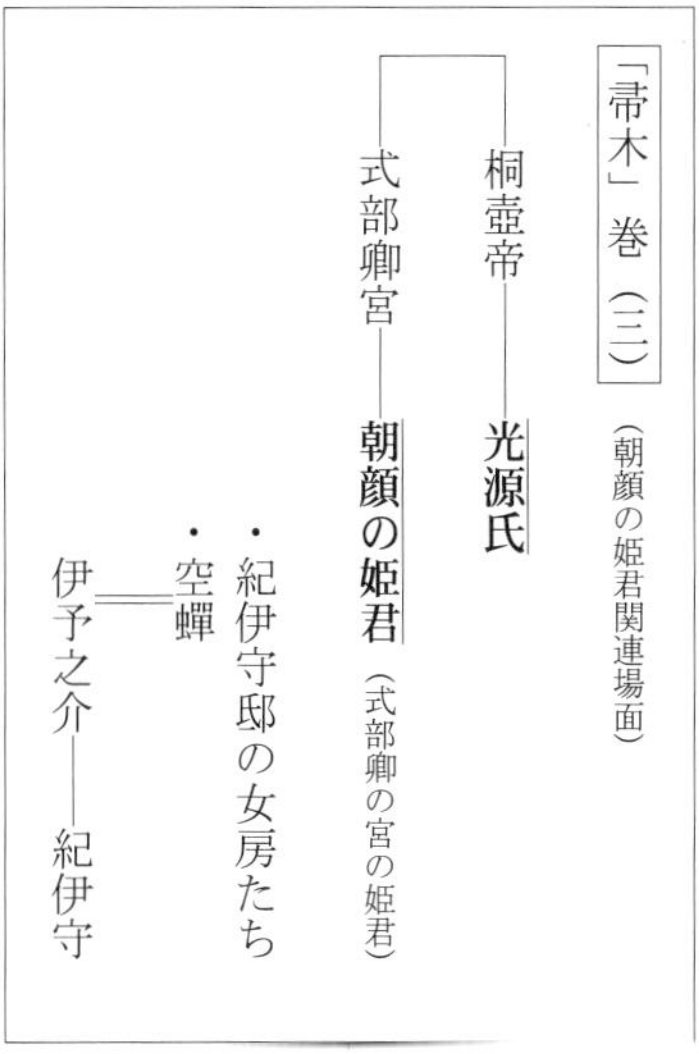

「帚木」巻（三）（朝顔の姫君関連場面）

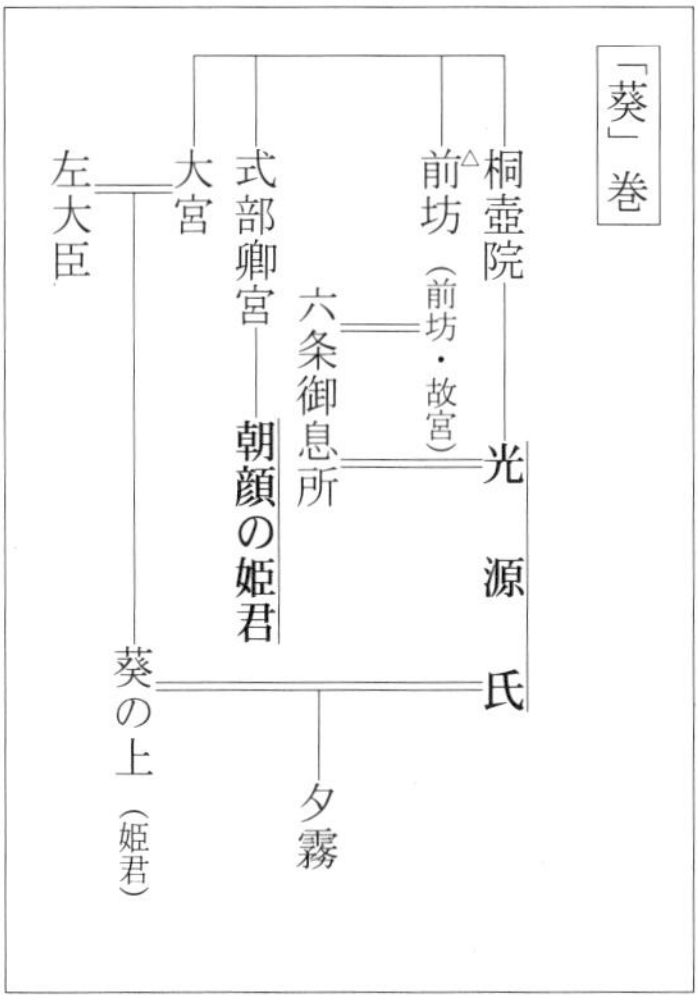

「葵」巻

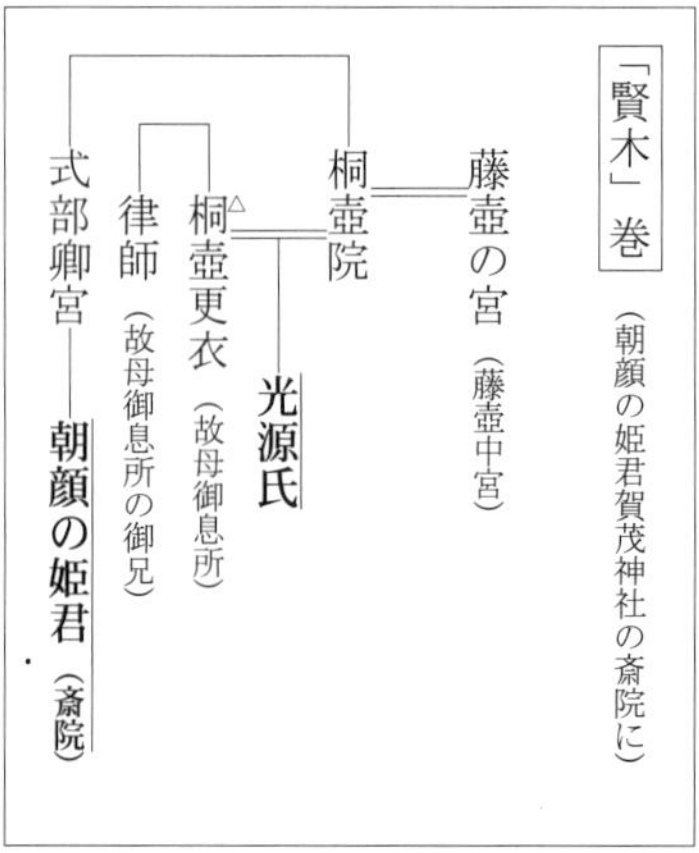
「賢木」巻
（朝顔の姫君賀茂神社の斎院に）
藤壺の宮（藤壺中宮）
桐壺院
光源氏
桐壺更衣△（故母御息所）
律師（故母御息所の御兄）
式部卿宮
朝顔の姫君（斎院）

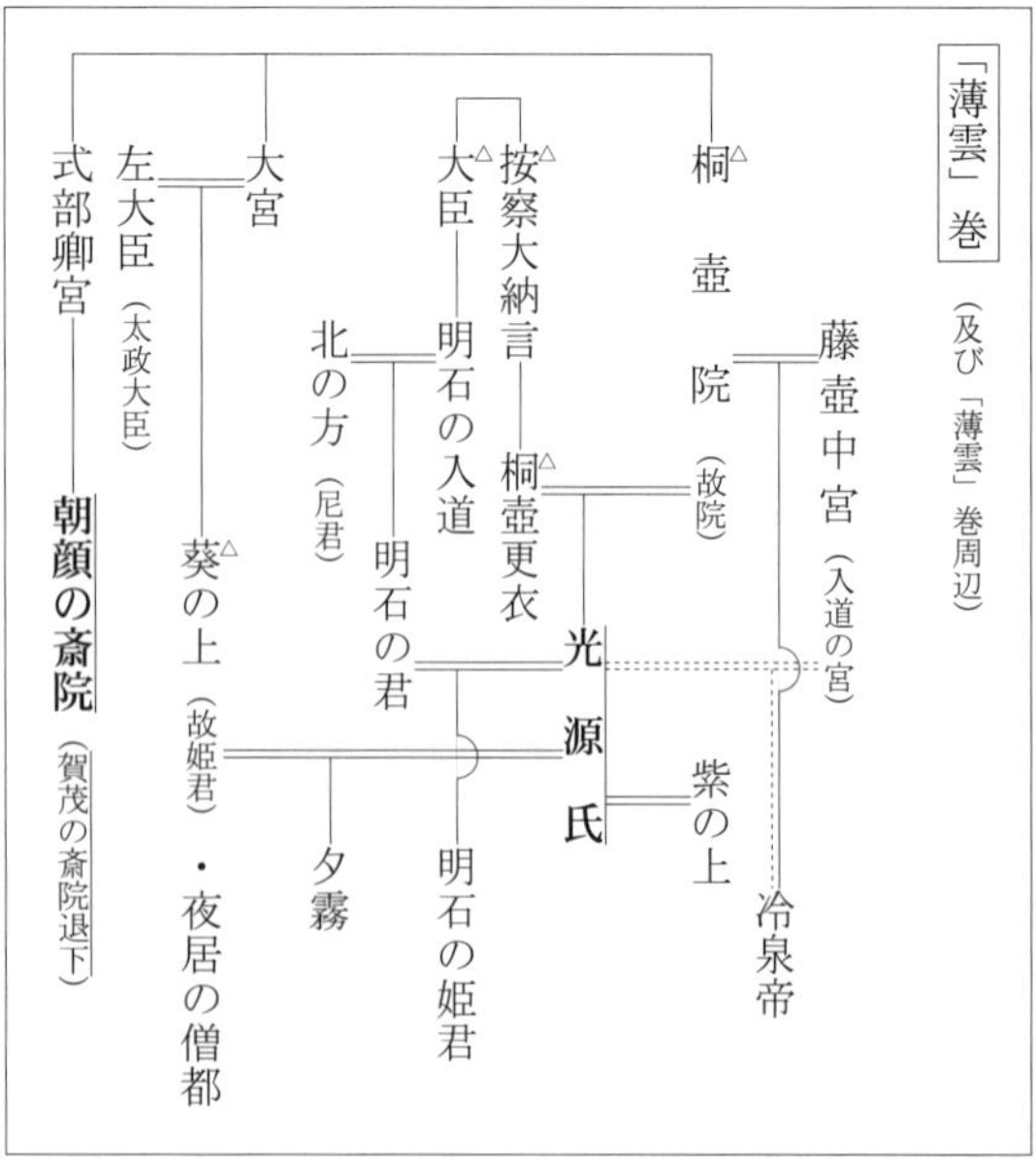
「薄雲」巻
（及び「薄雲」巻周辺）
藤壺中宮（入道の宮）
桐△壺院（故院）
冷泉帝
紫の上
光源氏
按察大納言△
桐壺更衣△
大臣△
明石の入道
北の方（尼君）
明石の君
明石の姫君
大宮
左大臣（太政大臣）
葵の上△（故姫君）
夕霧
・夜居の僧都
式部卿宮
朝顔の斎院（賀茂の斎院退下）

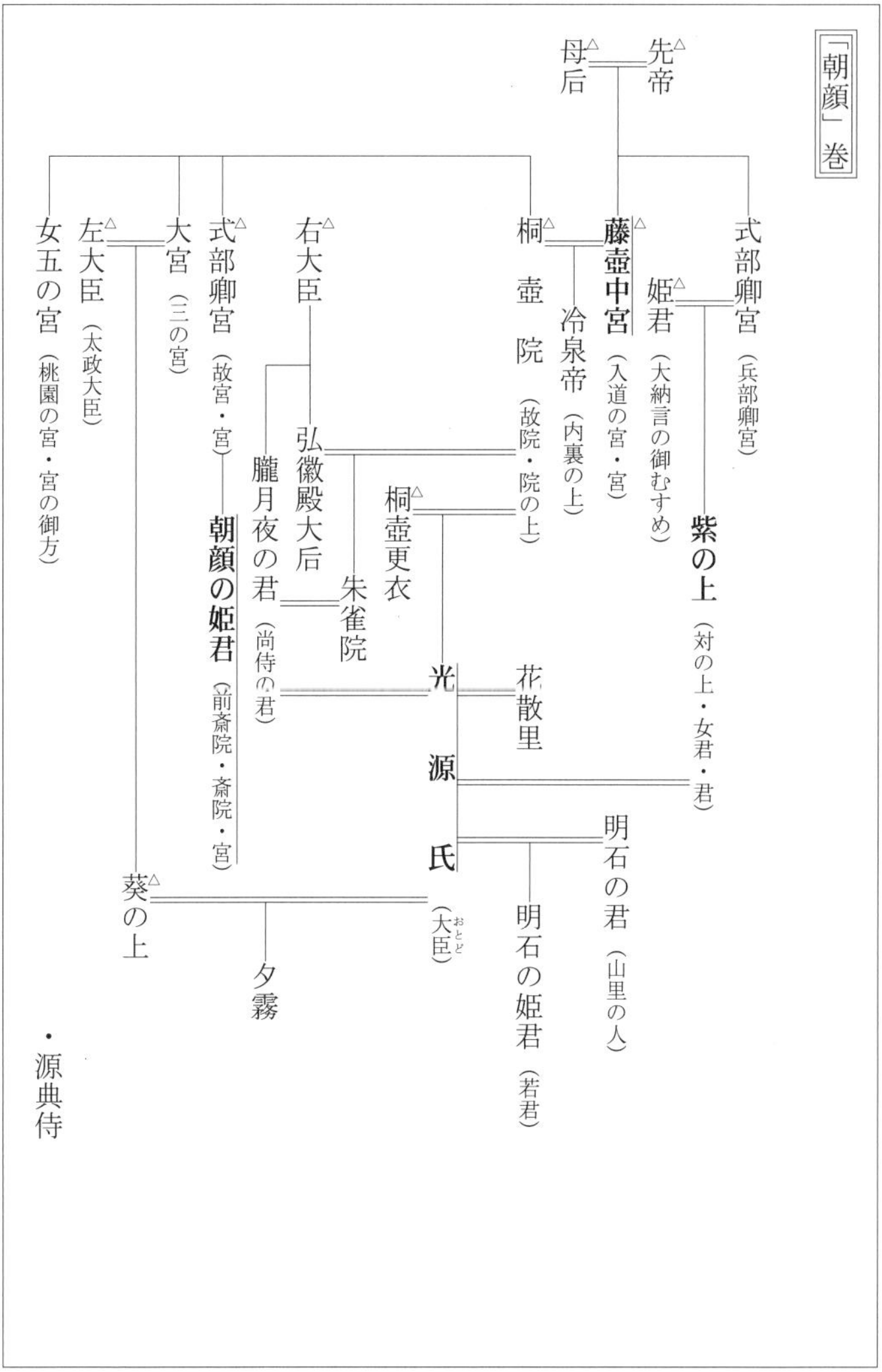
「朝顔」巻
先帝△
母后△
式部卿宮（兵部卿宮）
姫君△（大納言の御むすめ）
紫の上（対の上・女君・君）
藤壺中宮△（入道の宮・宮）
桐壺院△（故院・院の上）
冷泉帝（内裏の上）
右大臣△
弘徽殿大后
朧月夜の君（尚侍の君）
朱雀院
桐壺更衣△
光源氏（大臣《おとど》）
花散里
明石の君（山里の人）
明石の姫君（若君）
式部卿宮△（故宮・宮）
朝顔の姫君（前斎院・斎院・宮）
大宮（三の宮）
左大臣△（太政大臣）
女五の宮（桃園の宮・宮の御方）
葵の上△
夕霧
・源典侍

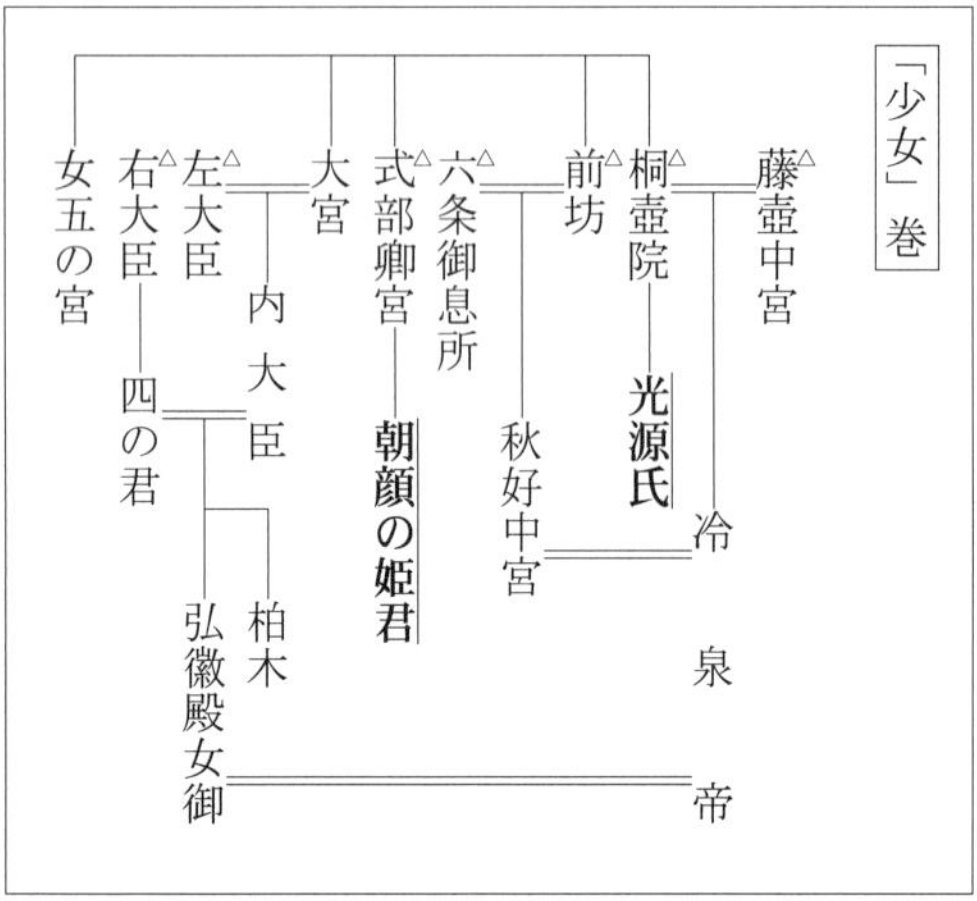
「少女」巻
藤壺中宮△
桐壺院△
光源氏
冷泉帝
前坊△
六条御息所△
秋好中宮
式部卿宮△
朝顔の姫君
大宮
左大臣△
内大臣
右大臣△
四の君
柏木
弘徽殿女御
女五の宮

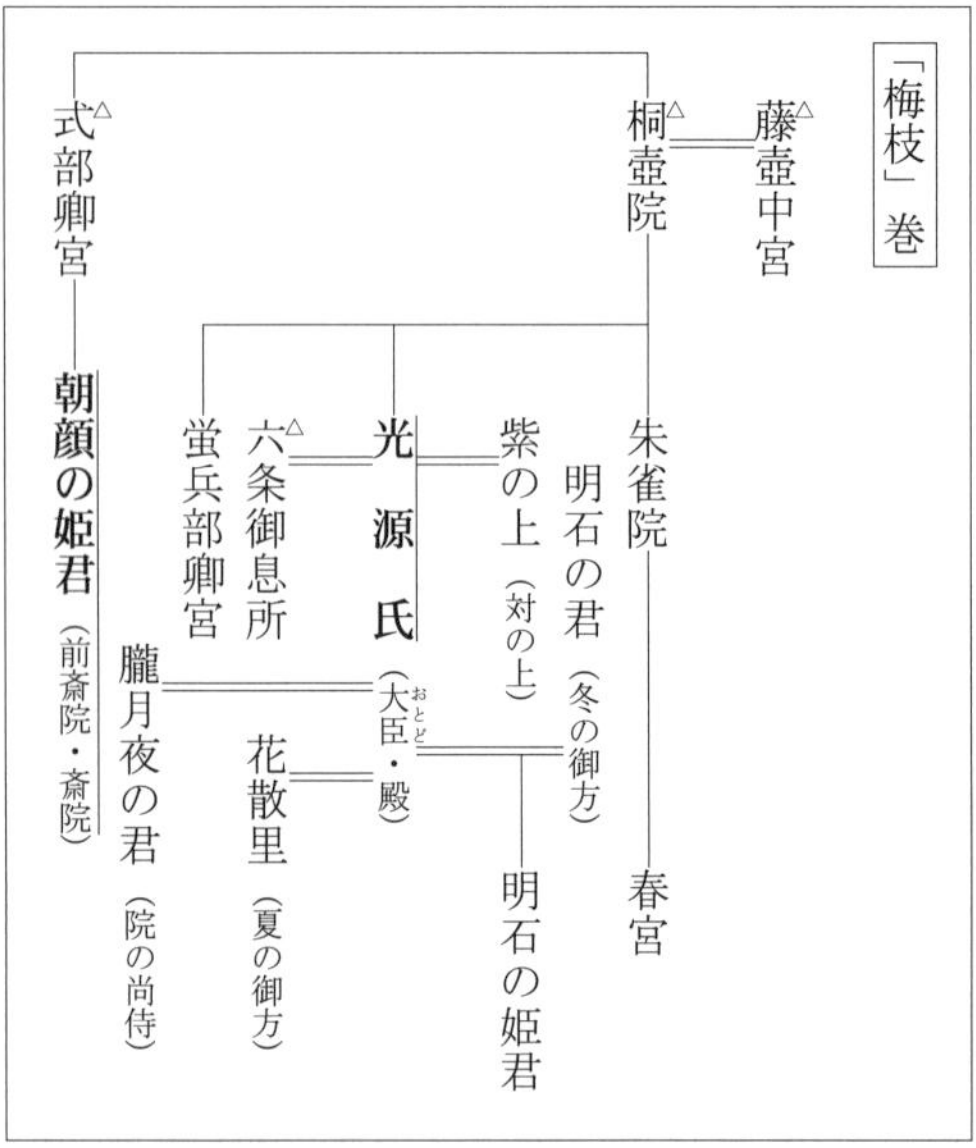
「梅枝」巻
藤壺中宮△
桐壺院△
式部卿宮△
朝顔の姫君（前斎院・斎院）
朱雀院
春宮
明石の君（冬の御方）
紫の上（対の上）
光源氏（大臣《おとど》・殿）
明石の姫君
六条御息所△
花散里（夏の御方）
蛍兵部卿宮
朧月夜の君（院の尚侍）

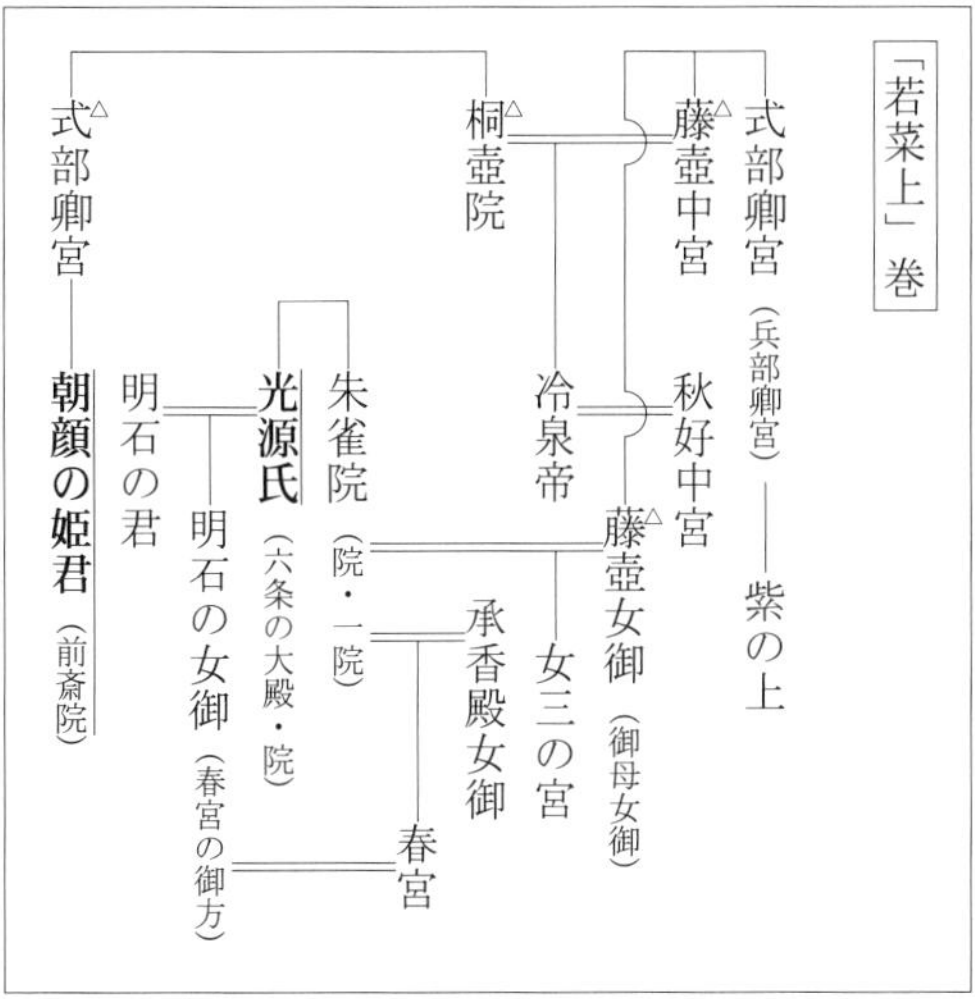
「若菜上」巻
式部卿宮（兵部卿宮）
紫の上
藤壺中宮
秋好中宮
冷泉帝
藤壺女御（御母女御）
女三の宮
桐壺院
承香殿女御
春宮
朱雀院（院・一院）
光源氏（六条の大殿・院）
明石の女御（春宮の御方）
明石の君
式部卿宮
朝顔の姫君（前斎院）

「若菜下」巻

（　）内は呼称並びに「女楽」の場面による

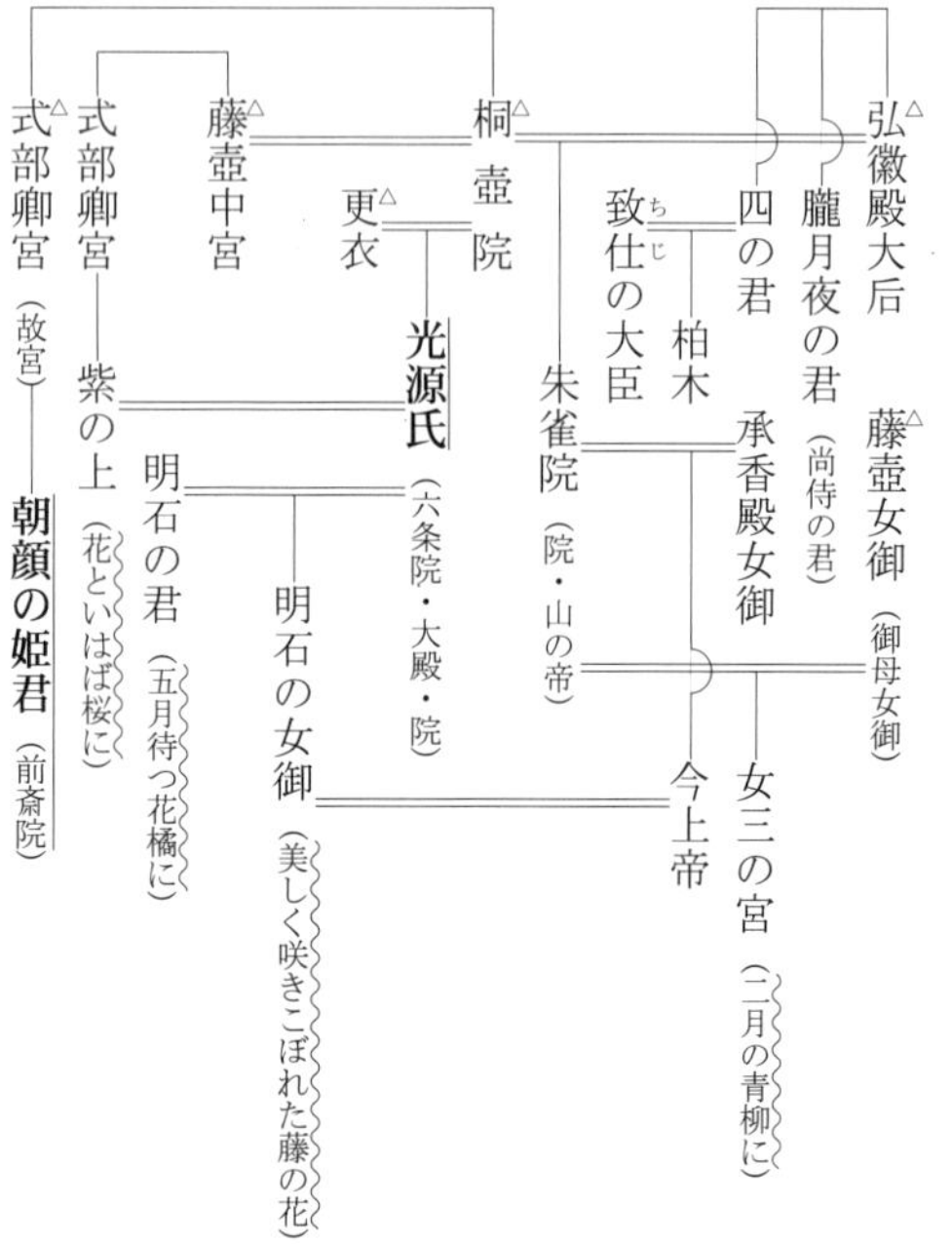

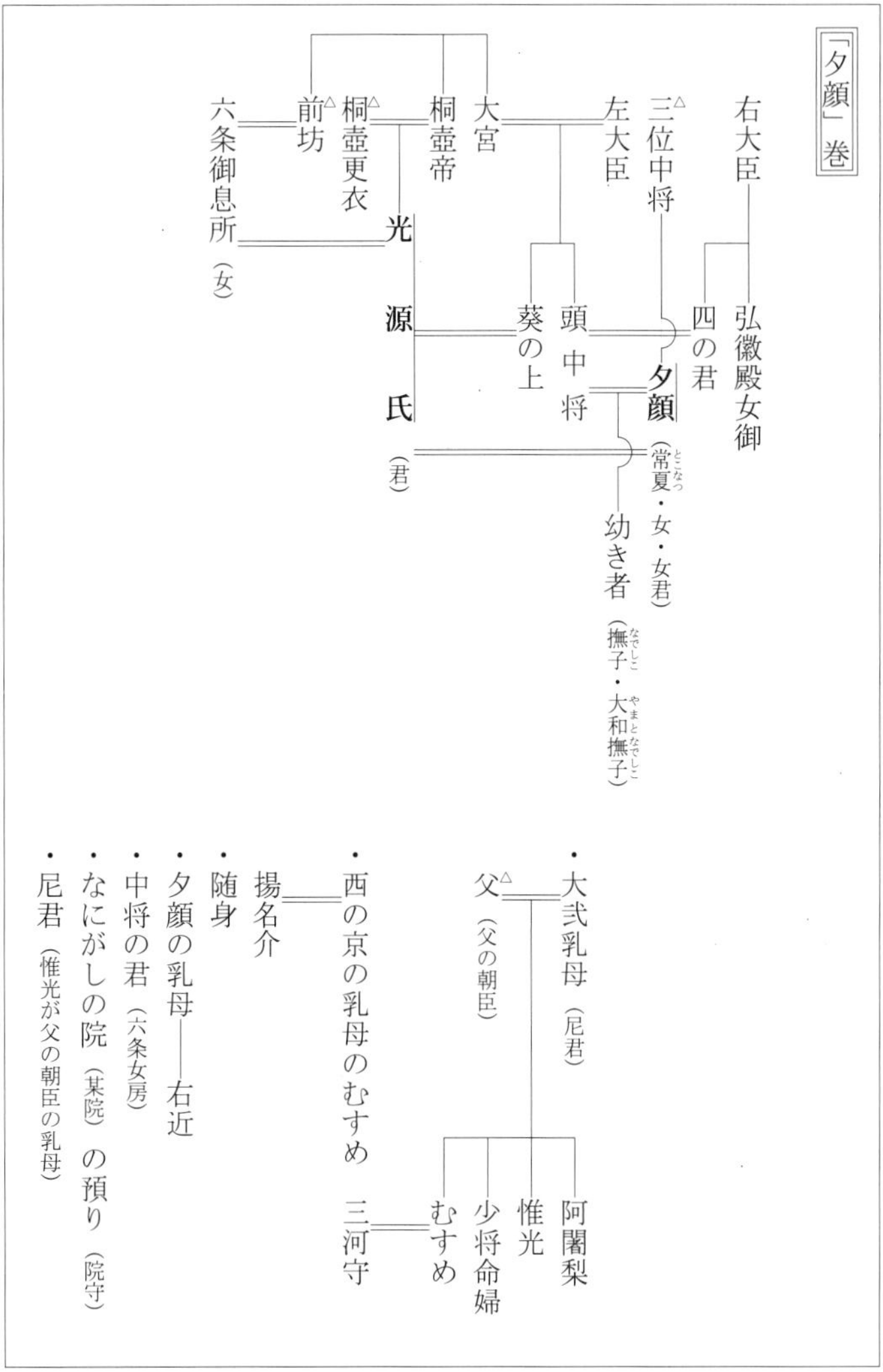
「夕顔」巻
右大臣
弘徽殿女御
四の君
三位中将
夕顔（常夏《とこなつ》・女・女君）
左大臣
大宮
頭中将
葵の上
幼き者（撫子《なでしこ》・大和撫子《やまとなでしこ》）
桐壺帝
桐壺更衣
前坊
六条御息所（女）
光源氏（君）
・大弐乳母（尼君）
父（父の朝臣）
阿闍梨
惟光
少将命婦
むすめ
三河守
・西の京の乳母のむすめ
揚名介
・随身
・夕顔の乳母――右近
・中将の君（六条女房）
・なにがしの院（某院）の預り（院守）
・尼君（惟光が父の朝臣の乳母）

引用文献

「平安京条坊図」

朝尾直弘ほか「県史26」『京都府の歴史』六三頁（『平安京提要』『よみがえる平安京』を元に作成）山川出版社　一九九九年

「朝顔」・「夕顔」に関して

＊「アサガオ」ヒルガオ科　アサガオ属

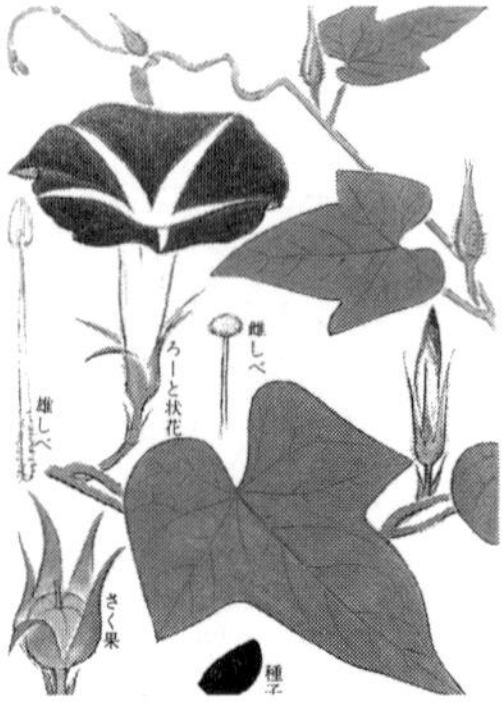

アサガオ
ヒルガオ科 アサガオ属

・牧野富太郎『原色牧野日本植物図鑑』北隆館　一九九八年

花は早朝に咲き午前中にしぼむので朝顔という。アジア原産。遣唐使が薬用として牽牛子（種子）を持ち帰った。観賞用に最もふつうに栽培される一年草。茎はつる性で逆毛があり、左巻きで物にまつわり三m以上になる。花は七～八月、花冠は径五～十五㎝、大輪は二十五㎝、花色も多い。つぼみは筆頭状に右巻き。がく五深裂。雄しべ五。花や葉に変化が多い。

・湯浅浩史『日本人なら知っておきたい　四季の植物』筑摩書房　二〇一七年

アサガオ　世界で最もアサガオ好きな日本人

平安時代に薬として中国から輸入

野生植物を栽培に移すには、さまざまな目的があった。その中で、最も遅い動機が観賞である。漢字はそれを如実に反映する。アサガオは古来中国では牽牛子と書かれ、薬用にされた。牛を牽いても入手したいほど種子は高価な下剤であった。……

アサガオの名は、朝に開く、顔のように大きな美しい花に基づくが、古代はその朝顔が必ずしもアサガオではなかった。『万葉集』にすでに五首の朝顔の歌が詠まれているが「夕影にこそ咲きまさりけれ」（巻一〇―二一〇四番）と歌われ、野に咲く花として扱われたり、アサガオの実情に合わない。万葉の朝顔は現在のアサガオではなく、キキョウが合う。……

＊　**「ユウガオ」**　ウリ科　ユウガオ属

・牧野富太郎『原色牧野日本植物図鑑』北隆館　一九九八年

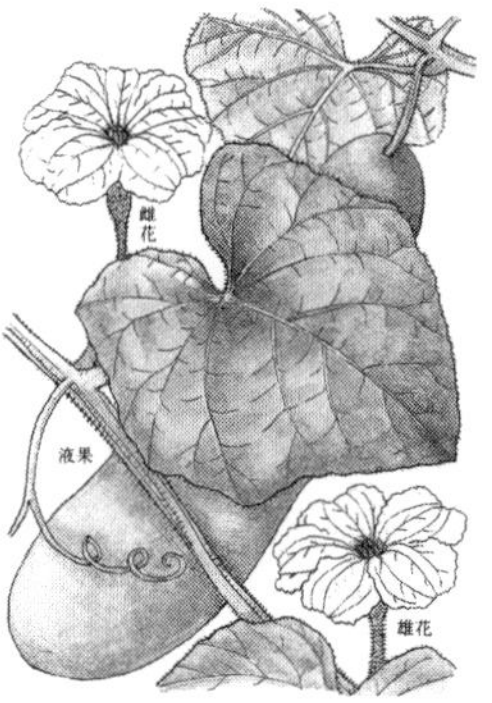

ユウガオ
ウリ科　ユウガオ属

夕顔は夕方咲く花に基づく。アフリカまたはアジア原産。古い時代からこの果皮で容器をつくるので栽培したつる性の一年草。茎は軟らかい粘質の短毛があり、分枝する巻ひげをもつ。花は七～八月、葉えきに単性、径五～十cm、夕方平開し翌朝しぼむ。雄花は長柄で同株に雌花は短柄。果実は長さ六十～九十cm。

・廣江美之助『源氏物語の庭　草木の栞』城南宮　一九八六年

ユウガオ　夕顔　ウリ科

和名ユウガオ（夕顔）は、夕方に花を開いて朝には萎むからいう。漢名は壺盧《こんろ》である。

ユウガオは、アフリカ・アジア原産の一年生蔓草で、全株に粗毛を有し、葉の付け根に巻髭がある。葉は大形、夏の暮れ方に五浅裂の純白色合弁花を開く。花には香気がある。花期は七～八月である。花後、球形の大きな果実を結ぶ。その果実を煮て食用とするほか、果肉をもって干瓢をつくり、皮をもって火鉢、郷土民芸などのお面などを製する。

このウリ科の夕顔を俗にヨルガオともいい、ヒルガオ科のヨルガオのことを俗にユウガオともいうが、ヒルガオ科のそれは、熱帯アメリカ原産で江戸時代に日本に渡来したものであるから、源氏物語の夕顔はウリ科のユウガオである。

・湯浅浩史『日本人なら知っておきたい　四季の植物』筑摩書房　二〇一七年

ヒョウタン　最古の栽培植物

ヒョウタンはイネにはるかに先立つ日本最古の栽培植物なのである。その最も古い出土品は琵琶湖の粟津湖底遺跡から発見された。

……現代のヒョウタンからはくびれのある形を思い浮かべるが、壺型やさらに首が長くのびた鶴首型《つるくび》もあり、ひしゃくは鶴首型のヒョウタンを縦に割って作った。

加えて球型やヘチマ型もあり、それらはユウガオと呼ばれてヒョウタンとは別に扱われるものの、同種で、容易に雑種ができて、子孫にはいろいろの形が分離する。ヒョウタンのくびれは主に劣性遺伝子で、苦みは優勢に遺伝する。くびれのないユウガオの果実は苦くなく、干《かん》瓢《ぴょう》を作る。

ヒョウタンもユウガオも雌花と雄花にわかれるが、雌花の子房は花が咲いた時から果実の特徴がみられる。ただし、白い花は両者とも同じで、開くのも夕方である。ユウガオの名は、夕方に咲く白く目立つ花からつけられたものだが、この特色はヒョウタンも同様で、花だけならヒョウタンもユウガオと呼べる。……

ヒョウタンの古名はヒサゴやフクベで、これはヒサのつるになる子（果実）やふくらんだ実を意味する。他方、ユウガオは花に基づく名で、ヒョウタンは世界に広く知られても、花に由来する名は、他に聞かない。日本人の花に対する感性の高さがうかがわれよう。ただ残念なことにヒルガオ科のヨルガオをユウガオと呼ぶむきもある。ヨルガオは熱帯アメリカの原産で、コロンブスより五百年も前の『源氏物語』にその名で登場するわけはない。……

＊「ユウガオ（ヒョウタン）」と「ヨルガオ」の違い

最古の栽培植物の一つ。果実は人類の〝原器〟でさまざまな楽器や容器と用途は広い。原産はアフリカ。約九千五百年前に渡来し、滋賀県の粟津湖底遺跡から出土している。日本では、花にも目をとめ、『源氏物語』に夕顔の名が登場する。ユウガオ（干瓢）はヒョウタンと同種だが、苦みがない。

・文＝湯浅浩史・写真＝矢野勇『花おりおり』愛蔵版その一　朝日新聞社　二〇〇二年

ユウガオ（ヒョウタン）
ウリ科　ユウガオ属

ヨルガオ
ヒルガオ科　ヨルガオ属

誤解の花。しばしば『源氏物語』の夕顔のさし絵に使われたりする。……ウリ科のユウガオと違って、アサガオやヒルガオとは姉妹。美しい三姉妹であり、ヨルガオは芳香でひき立つ。花茎十数センチ。明治に渡来。

・文＝湯浅浩史・写真＝平野隆久『花おりおり』愛蔵版その三　朝日新聞社　二〇〇四年

＊ ヤマトナデシコ（大和撫子）と トコナツ（常夏）の違い

カワラナデシコ

・ナデシコ（カワラナデシコ・ヤマトナデシコ）ナデシコ科ナデシコ属

一般にはナデシコと呼ぶ。『万葉集』で、山上憶良は秋の「七種《ななくさ》」に歌い、大伴家持は種子から播いて育てた。日本初の種子栽培された花だ。花は女性と重ねられ、家持は、亡くなった妻が「秋さらば（秋が来たら）見つつ偲《しの》へ」と形見に植えたナデシコが咲いた、とのせつない歌も詠んだ（巻三）。形見の花でもあった。

・文＝湯浅浩史・写真＝矢野勇『花おりおり』愛蔵版その一　朝日新聞社　二〇〇二年

・セキチク（カラナデシコ・トコナツ）ナデシコ科　ナデシコ属

セキチク

石竹と書く。原産地の中国では石の間に自生し、竹に似て葉が細いのに因む名。別名は瞿麦《くばく》。これはナデシコにあてられたりするが、花の特徴は、はっきり違う。瞿は鳥の目を表し、セキチクの花の中央の輪模様がたとえられた。麦は細い葉の意。『万葉集』の瞿麦の歌はナデシコとされるが、セキチクも交じるか。

・文＝湯浅浩史・写真＝矢野勇『花おりおり』愛蔵版その二　朝日新聞社　二〇〇三年

掲載図版・写真

・原著者　飯沼慾斎・増訂者　牧野富太郎『増訂　草木図説　草部Ⅳ』「アサガホ」・「ヘウタン」（ユウガオ）・「ナデシコ」国書刊行会　一九八八年
・飯沼慾斎原著・北村四郎編註『草木圖説　木部上下』「フジ」・「シキミ」・「サカキ」保育社　一九七七年
・牧野富太郎『原色牧野日本植物図鑑』「アサガオ」・「ユウガオ」・「ナデシコ」・「セキチク」北隆館　一九九八年
・廣江美之助『源氏物語の庭　草木の栞』「ユウガオ」城南宮　一九八六年
・湯浅浩史『花おりおり』「ヒョウタン」・「カワラナデシコ」愛蔵版その一　二〇〇二年、「セキチク」愛蔵版その二　二〇〇三年、「ヨルガオ」愛蔵版その三　二〇〇四年　朝日新聞社
・『京都府の歴史』県史26　六三頁（条坊図）『平安京提要』『よみがえる平安京』山川出版社　一九九九年
・「源氏物語図屏風」伝土佐光吉筆　桃山時代　十七世紀　東京・出光美術館蔵（『源氏物語千

年紀展』20①②「朝顔」三八・三九頁　京都文化博物館　二〇〇八年）
・「源氏物語図扇面散屛風」六曲一双「朝顔」・「夕顔」紙本着色・墨書　室町時代　十五～十六世紀　広島　浄土寺蔵　撮影・村上宏治
・「源氏物語夕顔図」尾形月耕　明治期　奈良県立美術館（『源氏物語の一〇〇〇年―あこがれの王朝ロマン』「源氏物語夕顔図」一六二頁　横浜美術館学芸教育グループ、ＮＨＫ　二〇〇八年）
・「白描源氏物語画帖」夕顔十一　作者不明　江戸時代中期　石山寺蔵（大津市）（秋山虔監修『絵巻で楽しむ　源氏物語』朝日新聞出版　二〇一一～二〇一三年）
・自身撮影「ウメ」（白梅・紅梅）、「カツラ」（桂）

＊　カバー

〈朝顔〉「花卉図」アサガオ　明和元年（一七六四）若冲四十九歳　紙本着色金砂子撒　襖四面（南側襖）金刀比羅宮蔵
〈夕顔〉（ヒョウタン）「春日権現霊験記（摸本）ヒョウタン」第七巻第二段　前田氏実・永井幾麻　東京国立博物館蔵　Image:TNM Image Archives

参考文献

・角田文衛『平安京提要』古代学協会・古代学研究所　角川書店　一九九四年
・『平安京』京都市文化財ブックス第28集　京都市文化市民局　二〇一四年
・秋山國三・仲村研『京都「町」の研究』法政大学出版局　一九七五年
・鋤柄俊夫『中世京都の軌跡　道長と義満をつなぐ首都のかたち』雄山閣　二〇〇八年
・金田章裕他編『平安京―京都　都市図と都市構造』京都大学学術出版会　二〇〇七年
・池田亀鑑『源氏物語大成』第二冊　校異篇「あさかほ」中央公論社　一九八四年
・玉上琢彌『源氏物語評釈』主に第一巻～第七巻　角川書店　一九六九年～一九八二年
・雨海博洋編著『大和物語』改訂版　おうふう　一九九九年
・雨海博洋『物語文学の史的論考』桜楓社　一九九一年
・雨海博洋・神作光一・中田武司編『歌語り・歌物語事典』勉誠社　一九九七年
・林田孝和『源氏物語の創意』おうふう　二〇一一年
・山中裕・秋山虔他校注『栄花物語』巻第九「いはかげ」藤式部（紫式部）新編日本古典文学

全集　小学館　一九九八年
・『石山寺縁起絵巻』大本山石山寺　一九九六年
・清水婦久子編『絵入源氏　夕顔巻』おうふう　二〇〇一年
・秋山虔・小町谷照彦編『源氏物語図典』小学館　一九九八年
・秋山虔『源氏物語の女性たち』小学館　一九八七年
・『紫式部日記　他』新編日本古典文学全集　小学館　一九九四年
・南波浩校注『紫式部集』岩波書店　一九九七年
・「引歌一覧」『源氏物語一・四』完訳日本の古典　小学館　一九八三～一九八五年
・『伊勢物語』六五段　日本古典文学全集　小学館　一九九五年
・大野晋『日本語をさかのぼる』岩波新書　岩波書店　一九九九年
・望月郁子『源氏物語は読めているのか』笠間書院　二〇〇二年
・西村亨『新考　源氏物語の成立』武蔵野書院　二〇一六年
・持田叙子「折口信夫　恋の生涯」『三田文学』第一一九号～一二六号　三田文学会　二〇一四年十一月～二〇一六年八月
・久保田淳・川村晃生編『合本八代集』三弥井書店　一九九四年

・河添房江「源氏物語絵巻に描かれた唐物」『古代文学の時空』翰林書房　二〇一三年
・後藤祥子『源氏物語の史的空間』東京大学出版会　一九八六年
・三田村雅子『記憶の中の源氏物語』新潮社　二〇〇八年
・小嶋菜温子「源氏物語研究の回顧と展望」『日本語日本文学の新たな視座』全国大学国語国文学会編　おうふう　二〇〇六年
・佐藤信雅『源氏物語草子地の考察　「桐壺」〜「若紫」』新典社　二〇一六年
・日向一雅『源氏物語の準拠と話型』至文堂　一九九九年
・山岸徳平先生記念論文集『日本文学の視点と諸相』汲古書院　一九九一年
・神野藤昭夫『知られざる王朝物語の発見』笠間書院　二〇〇八年
・南波浩編『王朝物語とその周辺』笠間書院　一九八二年
・原田敦子「桃園考」『王朝物語とその周辺』笠間書院　一九八二年
・中野幸一編『源氏物語要覧』武蔵野書院　二〇〇一年
・小山利彦『源氏物語宮廷行事の展開』おうふう　二〇〇五年
・小谷野純一『紫式部日記の世界へ』新典社　二〇〇九年
・古代中世文学論考刊行会編『古代中世文学論考　第16集』新典社　二〇〇五年

・原槇子『神に仕える皇女たち―斎王への誘い―』新典社　二〇一五年
・和田英松・所功校訂『新訂　官職要解』講談社　一九九七年
・笠井昌昭『公卿補任年表』山川出版社　一九九八年
・牧野富太郎『植物知識』講談社　一九九七年
・牧野富太郎『牧野植物随筆』講談社　二〇〇二年
・湯浅浩史『植物ごよみ』朝日新聞社　二〇〇九年
・湯浅浩史『植物でしたしむ、日本の年中行事』朝日新聞出版　二〇一五年
・井口樹生『古典の中の植物誌』三省堂　一九九〇年
・伊原昭『文学に見る日本の色』朝日新聞社　一九九四年
・長崎盛輝『かさねの色目―平安の配彩美―』京都書院　一九九九年
・徳川美術館・五島美術館監修『よみがえる源氏物語絵巻～平成復元絵巻のすべて～』ＮＨＫ名古屋放送局　二〇〇六年
・木村陽二郎監修『図説　草木名彙辞典』柏書房　一九九一年
・大岡信監修『日本うたことば表現辞典　植物編上・下』遊子館　一九九七年
・平田喜信・身崎壽『和歌植物表現辞典』東京堂出版　一九九五年

・『古典文学植物誌』國文學編集部　學燈社　二〇〇二年
・青木登『源氏物語の花』けやき出版　二〇〇四年
・『春の花・夏の花・秋の花』山と渓谷社　一九九六年～一九九八年
・青木和夫他校注『続日本紀　二』新日本古典文学大系　岩波書店　一九九八年
・宇治谷孟『続日本紀（上）』全現代語訳　講談社　一九九五年
・中西進『万葉集原論』桜楓社　一九七六年
・桜井満訳注『万葉集　上中下』対訳古典シリーズ　旺文社　一九八八年
・小島憲之他校注・訳『萬葉集①～④』②「巻第五」八一五～八四六番歌　新編日本古典文学全集　小学館　一九九八年

あとがき

「梅花の歌三十二首　併せて序」が、新元号「令和」の典拠を示す『万葉集』と、双璧をなすかのような『源氏物語』も、その題名だけは日本人の大人の大方は知っているように思われます。それは、一千年以上も前の平安朝に日本文学という幹に咲いた大輪の花のような作品であったからでしょうか。ひとたび、国語（古語）辞典を披けば「源氏物語には〜とある」という例文だけでも群を抜くほどに見られます。因って『源氏物語』は、古典（散文）の最高峰として、高校生の教科書にも抜粋されるなど子供たちにも馴染の作品名でもあるのです。しかしながら、この長大で奥深い物語を研究者以外のどれほどの方が完読しているでしょうか。そんなことを思い描きながら、一般の方々にも解りやすいように、引用文献・後注を多くしました。本文の引用については、パソコン中に長いこと眠らせていた拙稿を呼び覚ましたことにより、「全集本」の旧い形のものになってしまいました。このたび、それらを加筆・修正し、物語関連の図版や植物図鑑、自身撮影の写真なども僅かに挿入しました。

元二松學舍大学学長の雨海博洋先生から、『源氏物語』の「朝顔」巻・「夕顔」巻に関して、一冊に纏めるようにとのご指示を賜りましてから十数年が経ってしまいました。朝顔・夕顔の花の季節が巡り来るたびに、思いを新たにしていたのでしたが、道草が多く、遅々として完全原稿の域に達しませんでした。『源氏物語』には百種以上もの植物が作者独自の筆によって編み込まれています。言うなればそれらを、『源氏物語』巻々の花と草木」と称して、朝顔・夕顔以外の植物たちとの出会いにも触れていた道草でもあったのです。

『源氏物語』は、元二松學舎大学大学院教授の望月郁子先生の「文献学」のお立場からのご教示を仰ぎました。先生は国語学を専攻され、古典語の語彙に親しまれ、その原義が丁寧に解説されました。そして「文献全体を常に視野に入れ、全体との関わりに留意する」・「テキストに語らせ、テキストの声を聞くべきである」と、文献熟読の根拠を明確にされました。

文学に織り成された「植物」については、元東京農業大学教授・現一般財団法人進化生物学研究所理事長兼所長の民族植物学をご専門とされる湯浅浩史先生の『万葉集』の花百彩」（NHK文化センター青山教室）のご講義に浴しています。星の降る如く次々に展開されるご高説は、古典を彩る植物たちの素顔にも触れるようであり、万葉人の持つ植物的感覚が見事に解き明かされていきます。四千五百十六首を収める『万葉集』には、百六十三種類の花や草木（ハギの花百四十二首を最多に、ウメの花百十九首等）が、集中のおよそ三分の一を占める割合で詠み込まれています。そして、それらの植物の生態やその統計などの理科学的分析による解釈も斬新です。

更に、先生の植物学への情熱とご研究は、四十六回にわたるマダガスカル島のバオバブの木の定点観察、ギアナ高地での十四回の固有種の観察など、世界の様々な植物の特性や伝統文化にも及んでおられます。したがって文学に取り込まれた朝顔・夕顔の花の由来にもその深い歴史の息吹に思いが馳せられるのです。

他の研究資料に関しては、子育て後の晩学であった私に今は亡き夫が「僕は幾つになっても勉強する人は好きだよ、いつでもスポンサーになるよ」と笑いながら言ってくれたひとことが嬉しくて、自室の本箱には『源氏物語』の幾通りものテキスト、関連書物、参考文献等々が並び、この度の纏めに際しても図書館訪問を軽減することができました。

最後になりましたが、新典社編集部の小松由紀子さんには、初稿時の綿密なご提示や、上梓にいたるまでの長きにわたって、文の修正及び追加など、多大なご面倒をおかけいたしました。それにも拘わらずいつも懇切にご対応いただきましたことに、改めて深甚なる謝意を表します。

令和元年十二月

小澤　洋子

小澤　洋子（こざわ　ようこ）
1938年　茨城県に生まれる
1999年　慶應義塾大学文学部文学科卒業
2003年　二松學舍大学大学院文学研究科修士課程修了
専　攻　国文学（修士）
現　在　自由が丘産経学園『源氏物語』講師
論　文　「「はなだの女御」の秘められた執筆意図―花の比喩の配列とその順列―」（『古代中世文学論考　第16集』2005年11月　新典社）

『源氏物語《げんじものがたり》』忘《わす》れ得《え》ぬ初恋《はつこい》と懸隔《けんかく》の恋《こい》
―― 朝顔の姫君と夕顔の女君 ――
新典社選書 93

2020年2月10日　初刷発行

著　者　小澤　洋子
発行者　岡元　学実

発行所　株式会社　新典社

〒101－0051　東京都千代田区神田神保町1－44－11
営業部　03－3233－8051　編集部　03－3233－8052
ＦＡＸ　03－3233－8053　振　替　00170－0－26932
検印省略・不許複製
印刷所　惠友印刷㈱　製本所　牧製本印刷㈱

ISBN 978-4-7879-6843-2 C1395
http://www.shintensha.co.jp/　E-Mail:info@shintensha.co.jp

新典社選書

B6判・並製本・カバー装　　＊本体価格表示

㊸続・古典和歌の時空間——長流と契沖の「由緒ある歌」の展望——	三村晃功	三一〇〇円
㊹白洲正子——日本文化と身体——	野村幸一郎	一五〇〇円
㊺女たちの光源氏	久保朝孝	一五〇〇円
㊻江戸時代落語家列伝	中川　桂	一七〇〇円
㊼能のうた——能楽師が読み解く遊楽の物語——	鈴木啓吾	三一〇〇円
㊽古典和歌の詠み方読本——有賀長伯編著『和歌八重垣』の文学空間——	三村晃功	二六〇〇円
㊾役行者のいる風景——寺社伝説探訪——	志村有弘	一〇〇〇円
㊿澁川春海と谷重遠——双星煌論——	志水義夫	一四〇〇円
㊶文豪の漢文旅日記——鷗外の渡欧、漱石の房総——	森岡ゆかり	二三〇〇円
㊷リアルなイーハトーヴ——宮沢賢治が求めた空間——	人見千佐子	二三〇〇円
㊸義経伝説と鎌倉・藤沢・茅ケ崎	田中徳定	二〇〇〇円
㊹日本近代文学はアジアをどう描いたか	野村幸一郎	一八〇〇円
㊺神に仕える皇女たち——斎王への誘い——	原　槙子	一六〇〇円
㊻三島由紀夫『豊饒の海』VS野間宏『青年の環』——戦後文学と全体小説——	井上隆史	一四〇〇円
㊼明治、このフシギな時代	矢内賢二	一五〇〇円
㊽三島由紀夫の源流	岡山典弘	一八〇〇円
㊾ゴジラ傳——怪獣ゴジラの文藝学——	志水義夫	一七〇〇円
㊿説話の中の僧たち	京都仏教説話研究会	二四〇〇円
81古典の叡智——老いを愉しむ——	小野恭靖	一七〇〇円
82『源氏物語』の特殊表現	吉海直人	二二〇〇円
83これならわかる復文の要領——漢文学習の裏技——	古田島洋介	二四〇〇円
84明治、このフシギな時代　2	矢内賢二	一〇〇〇円
85源氏物語とシェイクスピア——文学の批評と研究と——	廣田　收 勝山貴之	一七〇〇円
86下級貴族たちの王朝時代——『新猿楽記』に見るさまざまな生き方	繁田信一	一五〇〇円
87新版宮崎駿の地平——ナウシカからもののけ姫へ	野村幸一郎	一五〇〇円
88宮崎駿が描いた少女たち	野村幸一郎	一七〇〇円
89向田邦子文学論	向田邦子研究会	三五〇〇円
90歌舞伎を知れば日本がわかる	田口章子	一六〇〇円
91明治、このフシギな時代　3	矢内賢二	一四〇〇円
92ゆく河の水に流れて——人と水が織りなす物語——	山岡敬和	二一〇〇円
93『源氏物語』忘れ得ぬ初恋と懸隔の恋——朝顔の姫君と夕顔の女君——	小澤洋子	一七〇〇円
94文体再見	半沢幹一	二〇〇〇円